诗铎丛书

学诗记

◎褚建君 著

复旦大學出版社

目　录

序 / 胡中行	1
自序	1
我的心得	1
关于韵	3
入声字	6
五言绝句	8
五言律诗	11
七言绝句与七言律诗	13
拗救	15
避免诗病：三平调、三仄调、孤平	17
用典	18
步韵	20
两读字的用法	21

我的诗词 23

  感怀 *25*

  秋日返乡即景 *25*

  甲午立冬 *26*

  秋意 *26*

  钱学森 *26*

  访宁海三麓潭 *26*

  菜园 *27*

  冬日访西溪湿地 *27*

  有闲 *28*

  送女儿之剑桥攻博 *28*

  七宝金桂苑 *28*

  扬州瘦西湖观菊展 *29*

  过富春庙山坞 *29*

  与洗非刘骅二兄过黄公望结庐处 *29*

  返乡小记 *29*

  迎新二首 *30*

  仲春偶作二章 *30*

  盛夏三章 *30*

  次韵胡中行教授感秋诗二章 *31*

论诗	31
杭城感怀三章	31
静安红颜三咏	32
从教有感	33
冬日暖阳	33
静安四咏	33
山中三首	34
扬中三首	35
重游扬中	36
清明三首	36
登高	37
咏史三首	38
望春	39
旅思	39
辛夷	40
与新德袁正二兄天目山春游	40
晚春	40
清明植葡萄	41
夏至	41
重阳	41
秋池	42

香山遇旧友	*42*
归故里	*42*
过天目山朱陀岭	*43*
垂钓	*43*
远足	*43*
姑苏	*44*
金陵秋	*44*
重游狼山感怀	*44*
讲授生物演化论	*45*
无题十三章	*45*
金陵行	*48*
述怀	*51*
咏邓丽君	*53*
蝶恋花	*54*
忆江南	*55*
采桑子	*55*
玉楼春·迎新	*56*
相见欢	*56*
念奴娇·守岁	*56*
小重山	*56*

我的文章 59

 锄禾小说 *61*

 俯察品类之盛

  ——浅析古诗文中的若干植物 *64*

 古典诗文中植物的"演化" *75*

 说莲 *88*

 采菊东篱下

  ——浅谈菊花及其在中国文化中的象征地位 *101*

致谢 *130*

序

胡中行

褚建君博士,是上海交通大学生物学教授,在他自己的研究领域里很有成就。也是因缘,五年前,他很偶然地来到静安书友汇,很偶然地与我会了面。经过短时间的接触交往,然后便是下决心跟着我学诗。到现在,应该说在诗词创作领域里学有所成,可以"毕业"了。

目前而言,他的诗词写得浅易流畅,又不乏韵致,走的是"元白"一路。比如他写的《国庆节有感》:"由来多少帝王宫,遥伴蒹葭化作风。往事纵然归逝水,后人依旧信重瞳。功承尧舜尚书里,业绍高光通鉴中。盘古当惊世道异,今朝主宰是农工。"便是粗具风范、古典与现代结合得比较好的一件作品。

据我的观察,褚建君在诗词创作方面所取得的成绩,一是来自于他的天赋,因为诗歌尤其是古典诗词,是一种很高级的语言形态,虽然是人人都可以写,但并非人人能够写得好的,对词语的准确把握,对意韵的深刻领悟,很大程度上是由先天而不是后天决定的;二是来自于他的认真,作为大学的一线教师,工作很忙,家住得又远,但在学诗期间,整整三年,每周六他是必到的,并且是人到心到手到,累积下来,光作业就写了一百多首诗词,其中还不乏佳作。本书题为"学诗记",便是他对学诗历程的一个很好的总结。

说起拜师,其实我是不敢当的。熟悉我的人都知道,登门要求拜师而被我婉拒的朋友不在少数。这并不是因为我的门槛高架子大,而是怕拜师求学者失望。我总觉得在诗词创作领域,自己只是个启蒙者。能教的东西也只是诗词创作的"ABC"而已。我可以教你学会诗词格律,懂得什么才是律诗绝句,什么才是满江红念奴娇,也可以教你成为一个会写写诗填填词的人,但却不能教你成为真正的诗人。这是因为——

诗人是需要情怀的。人们常说"诗言志",这里的"志",指的就是情怀。它是深植于心而流播于口的,"安得广厦千万间,大庇天下寒士俱欢颜,风雨不动安如山。呜呼!何时眼前突兀见此屋,吾庐独破受冻死亦足"。这便是从心里流淌出来的家国情怀,多少人读了为之动容!

诗人是需要敏感的。一山一水,一草一木,都会使你感动,发你深思。"感时花溅泪,恨别鸟惊心。"阵风吹来,你会想到山里的雨吗?看着月亮,心情糟糕的时候你能想出"老兔寒蟾泣天色,云楼半开壁斜白"这样惊心动魄的佳句来吗?而在遭遇挫折的时候你又能产生"高处不胜寒"的联想吗?

诗人是需要天才的。应该明白的是,天才自有其严格而狭隘的领域限制。李白在写诗方面是亘古少有的天才,但在政治上却是个实实足足的低能儿。唐玄宗"此人固穷相"的评价是很公允的。所以准确地说,诗人需要的只是诗歌创作领域的天才,也就是诗才。有位朋友酷爱诗词,读书早已破了万卷,唐诗宋词能够倒背如流,却无从下笔,至今写不出一句像样的诗来。我对他说,你或许可以成为一个很好的诗词研究者,但这辈子注定与诗词创作无缘了。

所以我说,诗人不是教出来的,至少我教不出来。我所教的,只是学诗的人。说实话,我自己也只是个学诗的人。或许,当今的古典诗词创作领域根本就没有诗人。

自　序

我出生于1965年。儿时牧牛砍柴，没有读到过古典诗词，因此对古典诗词基本上没有任何的感觉。所谓的千家诗、唐诗三百首，听也没有听说过。当时的课本上没有这些东西。人民公社也没有书店，只有供销社里面的一个柜台，专门卖连环画的。所能接触到的类似于诗词的东西，是写在墙报上的分行的句子，诸如：三字经，骗人精，害人精，红小兵，笔作枪……

上高中的时候，算是开始接触到一些古典诗词了。区里的书店，也开始陆陆续续有各种版本的诗歌出售。很快就被《千家诗》里面的意境所吸引，乃主动去寻找唐诗宋词之类的课外读物来看。至于语文课本里面的诗歌,全部能够背下来。时至今日,像《国殇》一样较难的篇什,还能够一字无误地背诵,而且是用家乡的土话来背诵。

慢慢地知道,古典诗歌除了需要押韵之外,还要讲究格律的,就是所谓的仄仄平平仄之类的。可是,无论从哪个角度,都不能看出"前不见古人,后不见来者,念天地之悠悠,独怆然而涕下"押的是什么韵;无论从哪个角度看,都不能看出"清明时节雨纷纷"是怎么样的一种格律。高考对这方面的知识没有要求,老师当然也不会讲。但这丝毫不影响我对古典诗词的兴趣。经常在牛皮纸封面的笔记本上写些四行八行的自以为押韵的句子。

此后,国学开始慢慢普及开来,加上网络的方便,能够取得不少相关的资料。就尝试着模仿一首古诗或词来写个东西试试看,结果总是失望。明明按照选中的诗词的模板来写的,还认真查了每个字的普通话的发音,写完之后用网上的一个什么软件一对照,错误却是不少。真真的是百思不得其解。百思不得其解之余就想,我的脑子应该不笨,为什么古代儿童都能够写的东西,我却写不对呢?肯定是我们的教育体系出了问题:我从小学读到博士,居然没有遇到一本书,乃至一堂课,是教授格律诗词的创作规律的。

一直到2011年,一个偶然的机会,让我遇到了学写古典诗词的机会。《新民晚报》曾经刊载过我的一篇短文《记静安书友汇》,其中的这些文字真实记录了当时的情况。

那是2011年8月的一个周六的下午,机缘巧合,去了静安区威海路的"书友汇"。隔着临街的落地玻璃窗,看见里面有一大群人在听课。后来,知道这是个"白领国学与文化沙龙";后来,到书友汇听课成了周六必定的内容;后来,在这里向复旦的教授拜师,学习旧体诗的写作;后来,知道这里听课的人,他们的职业迥异,有律师、记者、教师、法官、公务员、老板、自由职业者、学生等等;再后来,用这里学到的旧体诗写作技巧,作了一首七律《静安小聚》:

静安小聚在冬天,如意金樽飘紫烟。
莫错高朋疏酒令,当寻佳客结人缘。
刘伶往事追新月,太白遗风拂旧年。
问道师门无倦意,夜归风雪亦欣然。

上海的起源,以"小渔村说"最负盛名。现在又冒出来"六千年历史"的新说法。其实,这个不重要的。重要的是,在现代上海的市井之中,居然有这么一方让人出乎意料的不谈"经济"的地方。较之沪上范围之广,这书友汇的方寸之地,简直是别类,"鲜矣甚"!

静安书友汇学习写诗,是一个充满趣味的过程。其间,正式地向复旦大学中文系胡中行教授拜师,至今记得当初的拜师帖:

少时恣意抒诗兴,中岁遇师如聚萍。
市井堂前听二韵,梧桐树下悟韶音。
词章字句拈来古,雪月风花立意新。
当效先生志趣远,胸襟散淡炼丹心。

胡老师也回了一首"次韵答建君拜师帖":

高趣天成极雅兴,且将心事寄秋萍。
光华楼上传佳作,书友汇中听妙音。
惜我白头三矢老,感君绣口一章新。
青山咬定千寻竹,肘舌胝疮铁石心。

从初步入门至今,已有四年的时间。《新民晚报》《上海诗词》《诗铎》等报刊发表了我数十首诗词。私下想,应该结合自己的习作,将其中的心得整理一下。一方面,对这三年的学习过程是一种美好的纪念;另一方面,也许,对如我这般热爱诗词的朋友会有所借鉴。

这本小册子的内容分为三个部分:我的心得、我的诗词、我的文章。我的心得,结合自己的作品总结学习过程中的感悟;我的诗词,则展示这三年中主要的习作;我的文章,是联系自己的专业,发表于《新民晚报》国学论坛上的有关古典诗文中的植物的若干思想。

这本小册子,就命名为"学诗记"。

褚建君序于上海

2015 年 12 月

我 的 心 得

关 于 韵

曾经我写过这样的两首诗格律诗：

棋　　道

举重若轻方寸间，着棋何必得余闲。
纵横未易寻思苦，进退皆难举步艰。
非为输赢荒岁月，要将悲喜慰容颜。
王樵无意登仙道，不语旁观石室山。

注：浙江衢州有烂柯山，又名石室山。

隆　　冬

草色隆冬宛若新，朔风吹拂不沾尘。
花开花谢循天道，人往人来看自身。
窗外无知飘瑞雪，案前着意聚诗神。
江南四季循环过，一样心情弄醴醇。

格律诗自然是要押韵的。《棋道》的间、闲、艰，它们的押韵没有问题。关键是颜、山，按照普通话的发音，怎么会与上述三个字是押韵的呢？《隆冬》的新、尘、身、神、醇，按照普通话的发音，显然也是不押韵的。这里需要明白的是,普通话的存世只有不到一百年的历史。之前的格律诗,当然是不可能按照现在的普通话来押韵的。现今的许多文字,在发音方面已经产生了不小的变化。要学习格律诗的写作,就得遵照格律诗所规定的韵。这就是"平水韵"。

"平水韵"的产生,是有历史沿革的。早在隋朝的时候,陆法言编纂了《切韵》,这部书后来在唐朝由孙愐增字改订而成《唐韵》,作为旧体诗押韵标准的官方用书,同时规定了某些相邻的韵部可以"同用"。到了北宋时期,陈彭年以上述两书为基础,又编纂了一部《大宋重修广韵》。《广韵》共有二百零六个韵部,虽然扩大了"同用"的范围,但分韵仍然过于琐细,因此到了南宋,原籍山西平水人刘渊所撰的《壬子新刊礼部韵略》,干脆就把"同用"的韵部合并起来,成一百零七个韵,每个韵部包含若干字,作为律、绝诗的用韵,其韵脚的字必须出自同一韵部,不能错用。同期山西平水官员金人王文郁又编了一部《平水新刊韵略》,最后就只剩下一百零六个韵。至清代康熙年间编纂的《佩文韵府》,则在一百零六个韵部所列的韵字下,广收词藻,以便读书人作诗时参照使用,这就是至今广为流传的"平水韵"。

例如,陈子昂的诗歌《登幽州台歌》:

> 前不见古人，后不见来者。
> 念天地之悠悠，独怆然而涕下。

押的是上声韵"者"、"下"。按照平水韵，者与下都是属于上声"廿一马"部里面的。这个韵部包括马、下、者、野、雅、瓦、寡、社、写、泻、夏、冶、也、把、贾、假、舍、赭、厦、惹、若、踝、姐、哆、哑、且、瘕、洒这些汉字。

至于词的押韵，应该依照《词林正韵》。这是清人戈载编纂的一部词韵书，一共是十九个韵部。他的分部，是"取古人之名'词'参酌而审定"，即具体分析宋代人作词用韵的情况归纳而来的。他的分韵虽然是归纳、审定方面的工作，但其结论却多为后人所接受，论词韵的专家多据以为准。戈氏所分的词韵十九部，事实上也是进一步归纳诗韵即"平水韵"而来。因此，填词的用韵可以比写诗的用韵略宽。略宽，不是不要约束，而是参照一个新的标准。

所以，我们现代人要学习旧体诗词的创作，手头必须有一部"平水韵表"和《词林正韵》。否则，根据现代汉字的发音来写作品，极有可能"出韵"，那就不是自己心目中想要的旧体诗词了。现在也有一些人，知道有平水韵和《词林正韵》，却不按照它们的规定来写，而是按照普通话的发音来写。私下觉得,这当然是作者的自由,但其作品就不是所谓的旧体诗词或格律诗了。

入 声 字

例如这两首诗:

溪 水

溪水行千里,前途不可期。
逶迤还跌宕,此处有禅机。

早春牧牛

牵牛出栅栏,天际尚无色。
放牧早归来,东方鱼肚白。

蝶恋花·尚湖

曙色平湖方雨歇。水鸟翩翩,堤上人踪灭。蜂蝶向花花有缺,荒亭野外青苔叠。　　明日放歌将作别。芳草无边,一纸相思帖。满眼芙蓉开木末,园丁漫扫香樟叶。

习作五绝中的不、跌、宕、出、栅、色、牧、肚、白诸字,谓之"入声"字。明白什么是入声,以及入声字的用法,是旧体诗词创作所必需的。

古代汉语有平、上、去、入四个声调。到了元代时,平声分化为阴平和阳平,就是现在的一声和二声;上声有一部分字归并到去声里,剩下的是现在的三声;去声和由上声归并而来的这些字,是现在的四声;古代的入声在元代时分化到了阴平、阳平、上声、去声四个声调当中去了。所以现代汉语北方方言没有入声。普通话是以北京语音为标准音的,所以也没有入声这个声调。古代的入声字,在许多地方如浙江、上海、江苏、福建、广州等地的方言中,依然保持着。

平水韵的一百零六个韵部中,入声字有十七部,分别为屋、沃、觉、质、物、月、曷、黠、屑、药、陌、锡、职、缉、合、叶、洽。这些韵部的字,在格律诗中的用法一般与仄声(上声和去声)的用法相同。《词林正韵》的十九个韵部中,入声字有五部。大多的用法也与仄声相同,但也有作为平声使用的情况。从发音上来考察,入声字均是短促有力的。如:

一、二、三、四、五、六、七、八、九、十,在十个数字当中,一、六、七、八、十,这五个字均是入声,在欣赏和创作旧体诗的时候,如果将一、七、八这三个字当做普通话的第一声来对待,就会出现错误。按照平仄来区分,一到十的这十个汉字之中,只有三是平声。所以,在旧体诗词之中,"三"这个数字是个宝贝。如果需要用到数字,而且必须是平声的,只有"三"一个字可用。"清明时节雨纷纷",按照普通话来说,它的声调是平平平平仄平平,显然是不符合格律的。当我们知道"节"是入声字,可以当作仄声来对待,这句诗的声调就是平平平仄仄平平,符合格律了。

习作《蝶恋花》押的就是入声韵。其中的歇、灭、缺、叠、别、帖、末、叶,都是入声字。也许,读者可以试试看,能否将诗歌"白日依山尽,黄河入海流。欲穷千里目,更上一层楼"里面的六个入声字找出来?

五言绝句

诸暨五泄游

随缘新旅伴,舟楫远尘埃。
石径寻幽草,山前访绿苔。

幽谷龙潭处,涧边多紫楠。
游人常掬水,笑语压山岚。

跌水谷中喧，寒风林下伏。
临渊观细鱼，持杖倚修竹。

高歌雷雨后，豪饮小茅屋。
夜露凝无声，山庄人独宿。

五言绝句由四个句子组成。从韵的方面来说，有两种情况：如果首句最后一字入韵的，第二句和第四句的最后一字必须与首句最后一字属于同一韵部；如果首句最后一字不入韵，则只要第二、第四两句的最后一字押韵就可以了。前人的诗歌之中，首句入韵是普遍的现象。

五言绝句的格律，根据首句的不同，可以分为四种形式：

平平仄仄平，仄仄仄平平。
仄仄平平仄，平平仄仄平。

或者：

仄仄仄平平，平平仄仄平。
平平平仄仄，仄仄仄平平。

或者：

平平平仄仄，仄仄仄平平。
仄仄平平仄，平平仄仄平。

或者：

　　　　仄仄平平仄，平平仄仄平。
　　　　平平平仄仄，仄仄仄平平。

掌握这四种形式的要点在于"对"和"粘"。

所谓的"对"，就是一、二句，三、四句的平仄必须是相对的，也就是相反的。所谓的"粘"，就是二、三句的平仄必须是相同的（最后一个字除外）。在这四种形式的五绝之中，有一点是共同的：如果押的是平声韵，则第三句最后一字必然是仄声；如果押的是仄声（入声）韵，则第三句最后一字必然是平声。习作《诸暨五泄游》其一的起句句式为平平平仄仄，其二的起句句式为仄仄平平仄，押的都是平声韵；其三起句的句式为仄仄仄平平，其四起句的句式为平平平仄仄，押的都是入声韵。这里的平仄，按照所谓的"一三五不论，二四六分明"，也就是在一般情况下，一三五位置上的字，平仄可以不论；二四六位置上的字平仄必须分明。

五言律诗

春日三章

征尘千万里,独鹤一人归。

虽去朔风远,仍言芳草违。

寄书神惝恍,托梦泪依稀。

嗟叹当年事,何曾乱扣扉。

白鸽羽收晚,阳台人立寒。

家炊烟袅袅,路望雾漫漫。

豪饮生愁绪,孤思付笔端。

稀疏棋子落,夜半有谁看。

窗外海棠树,著花齐若霜。

遥知无一叶,争发逐群芳。

万物应天择,我心随意翔。

翩翩共蝴蝶,灿烂享流光。

五言律诗由八个句子组成,习惯上将第一二句称作首联,三四句称作颔联,五六句称作颈联,七八句称作尾联。各联的两句必须是"对"的,上下两联(即二三句、四五句、六七句)之间必须是"粘"的。五言律诗的格律,依照起句句式的不同也可以分为四种形式。律诗起句的句式与绝句是一模一样的。所以,五言律诗首句的句式定下来了,之后七句的句式也就定下来了。除此之外,颔联和颈联必须对仗。

关于对仗的问题,比较复杂,也比较难以掌握。一般来说,要求相对的句子句型相同,句法结构一致,如主谓结构对主谓结构、偏正结构对偏正结构、述补结构对述补结构等。其次,要求词语所属的词性相一致,如名词对名词、动词对动词、形容词对形容词等。词汇意义也要相同,如同是名词,它们所属的词义范围也要相同,如天文、地理、宫室、服饰、器物、动物、植物、人体、行为、动作等。对仗的运用有宽有严,因而出现各种不同的类型,有工对、邻对、宽对、借对、流水对、扇面对等。在内容上则有言对、事对、正对、反对等名目。习作中的"遥知无一叶,争发逐群芳"可以说是一个流水对。

七言绝句与七言律诗

七绝:

别　情

不堪秋雨奏琵琶,与子无眠共醉茶。
明日别离江海远,有家从此若无家。

七　宝

蒲汇塘边听鹤唳,新亭旧寺尽悲摧。
游人不识云间陆,常过石桥沽酒来。

七宝镇,宋初因七宝寺而得名。七宝寺者,原陆宝寺也。晋时吴郡"云间二陆"(陆机、陆云)被司马颖所杀,存有"华亭鹤唳"之典故。其后裔在陆宝山立香火祠以志纪念,后迁至蒲汇塘北。

七律:

客　居

鸟在深林鱼在溪,自由往复任东西。
门前慵倦看家犬,屋后殷勤报晓鸡。

朝雨水光连岸绿,暮春草色与天齐。
客居欲饮嗟花落,愁听子规枝上啼。

无　　题

除夕阴晴未有期,且将心意写新词。
万家烛火共遥夜,一点灯光照碧池。
云外星辰无落日,尘间山水尽残诗。
声声爆竹添杂念,花样年华曾付谁。

有　　感

轻舟千里过滩头,欲泊欲行堪我忧。
何物流连孤旅客,蒹葭寥落一沙洲。
秦风其事可追忆,湘水斯人难共俦。
纵有知音穷志趣,此身需作稻粱谋。

七言之于五言,就是每句的开头多了两个字。如五言的平平仄仄平,就变成了七言的仄仄平平仄仄平。其他如"对""粘""对仗"之类,基本规则是相同的。

拗　救

霜　降

霜降时节至，庭园花木黄。
心思存广宇，南北各炎凉。

偶　作

山中大雪人醒迟，青炭火炉孤旅羁。
闻得酒香出柴灶，掩门慢酌慰冬时。

秋　意

枝下池塘雨打萍，枝头黄叶半飘零。
渔人忘钓观孤鸟，旅客整装呆静庭。
一枕新凉兼暮色，三分残醉伴风铃。
此番秋意谁与似，不尽萧萧倾耳听。

习作《霜降》的第一句"霜降时节至"，应该是仄仄平平仄的句式，可是，应该为平声的第四个字，却是个入声字"节"，做仄声用的。这似乎破坏了格律诗所要求的规则，但这种用法是容许的。这就是运用了所谓的拗救的技法。在此种情形下，即出句的倒数第二个字（五言的顺位第四个字,或是七言顺位的第六个字)应该是平声而用了仄声的,有一个办法可以拗救:其对句的倒数第三个字(五言的顺位第三个字,或是七言顺位的第五个字)必须用平声。也就是说,对句的"花"救了本句的"节"。

习作七绝《偶作》的第三句"闻得酒香出柴灶",应该是仄仄平平平仄仄的句式,可是,应该为仄声的第六个字,却是个平声字"柴",也似乎破坏了格律诗所要求的规则。在此种情形下,即出句的倒数第二个字(五言的顺位第四个字,或是七言顺位的第六个字)应该是仄声而用了平声的,也有一个办法可以拗救:倒数第三个字(五言的顺位第三个字,或是七言顺位的第五个字)必须用仄声。也就是"出"救了"柴"。这叫做本句自救。

如果这样的说法看起来比较复杂,只要记住唐诗中的两个例子就可以了。"南朝四百八十寺,多少楼台烟雨中"是第一种拗救的方法,即拿对句的"烟"字来救出句的"十"字;"羌笛何须怨杨柳"是第二种拗救的方法,即拿本句的"怨"字来救本句的"杨"字。

拗救的用法在格律诗里面是经常见到的。但我们必须明白,拗救的方法只能用来"救"出句里面的倒数第二字,而对于对句则不存在此种情形。习作的尾联"此番秋意谁与似,不尽萧萧倾耳听"也属于拗救的用法。

避免诗病:三平调、三仄调、孤平

咏春三章

晓风如意识春光,云鬓半偏人未妆。
非是喧嚣车马过,何需慵倦面朝阳。

洗耳聆听莺语气,三春风信未归迟。
海棠静候桃花讯,联袂花开终有时。

缤纷秀色归尘土,但结珠胎满树枝。
自古花红无百日,此中滋味几人知?

"晓风如意识春光"句,如果将"识"字换作"逢"或别的平声字,就是所谓的"三平调"。诗句中最后三个字全都是平声字,就是三平调。这是写格律诗的大忌,决不允许出现的。但在写古体诗时,有时却有意让它出现,以示与格律诗的区别。如杜甫的《岁晏行》有"莫徭射雁鸣桑弓"、"汝休枉杀南飞鸿"、"割慈忍爱还租庸"、"好恶不合长相蒙"、"此曲哀怨何时终",每句最末的三个字都是平声字。

"洗耳聆听莺语气"句,如果将"莺"字换作"燕"或别的仄声字,就是所谓的"三仄调"。诗句中最后三个字全都是仄声字,就是三仄调。三仄调是不主张的,也是诗病的一种。但古人对此亦有例外,如唐杜审言五律《和晋陵陆丞早春游望》有:"云霞出海曙,梅柳渡江春。""出海曙"就是三仄调。

"但结珠胎满树枝"句,如果将"珠"换作"好"或别的仄声字,就犯了"孤平"。前人说在近体诗中,"孤平是诗家的大忌",那是十分严重的问题了。关于什么是孤平,古人没有清楚的论述,今人却争议颇多。我在这里只是拿自己的句子来做个比喻,无意于对孤平来下定义或进行"拨乱反正"。

用　　典

咏山茶花

开时重被满枝头,败亦涵香翠色留。
江总栖迟如待晦,方干秉烛欲何求。
由来恋物性相近,千古寻芳情作俦。
雪里妖妍红复白,风寒谁与共春秋。

江总《山庭春日》诗有:"洗沐唯五日,栖迟在一丘。"

方干《海石榴》诗有:"久长年少应难得,忍不丛边到夜观。"

感　怀

浊海原无定海针,野山自有野林檎。

神游西蜀太冲笔,腹坦东床逸少心。

洒脱胸襟望赤电,风流志趣见丹忱。

闲来一叹非惊艳,镜里朱颜不胜簪。

《左思·蜀都赋》:"其园则有林檎、枇杷。"王羲之《十七帖》丛帖第二十五通尺牍,《宣和书谱》称《青李来禽帖》。海瑞《倭犯钟司徒墓雷震遁去》诗:"丹忱贯石茔俱古,赤电明心山亦苍。"

习作《咏山茶花》和《感怀》,尝试着使用古典。以典入诗,是历代诗人常用的表现手法,可避免一览无余的直白。所引用的过去有关人、地、事、物之史实,或有来历、有出处的词语、佳句,能够更好地表达作者的情感,增加诗句的形象、含蓄与典雅,拓展诗歌的内涵与深度。但是,用典要用得巧妙、恰当、自然,却不是一件容易的事情。

步　韵

次韵胡中行教授七绝诗

时当正月水萧萧,马上临风初展庬。
千里之行非荡寇,河山阅尽是风骚。

和胡中行教授咏梅诗

傲与寒风舞大荒,舒斜有致向冰霜。
赋诗腊后平章晏,绘图春前煮石王。
欲解芳心多曲意,可聆花语一柔肠。
无边草木盛初夏,难忘泠泠数段香。

步韵,又称为"次韵",即依次使用原作者诗里面的相同的韵,有步步跟随的意思。习作《次韵胡中行教授七绝诗》,就是依次按照胡教授诗中的庬、骚这两个韵脚来写的。习作《和胡中行教授咏梅诗》,也是依次按照胡教授的原韵荒、霜、王、肠、香来写的。所谓的"和",不仅诗的韵脚与前作者相一致,诗的内容也应该有所呼应。

步韵诗因为要步原诗的韵,所以写起来不免牵强,有一定的难度。吴乔《答万季野诗问》说:"步韵最困人,如相殴(殴)而自縶手足也。盖心思为韵所束,于命意布局,最难照顾。"但是,作诗者之间互相唱和,不仅能够增进作诗者之间的感情,平添一份人生的乐趣,对于初学者来说也不失为一种有益的练习方式。

两读字的用法

壬辰春寒

梦里不知来日寒,出门始觉着衣单。
林间布谷啼方急,坡上梅花开亦难。
杨柳路边丝乱乱,蔷薇湖岸水漫漫。
一时恍惚三冬至,侧见黄馨过木阑。

有　　感

世事几多鸭听雷,桃花源里看花开。
春风数度繁云过,秋径此番稀客来。
覆水寡情终匿迹,流沙有趣自成堆。
莫言闹市无幽处,欲出青山尽一杯。

习作《壬辰春寒》的第三联有"蔷薇湖岸水漫漫"句,其中的"漫漫"两个字应该读作平声。习作《有感》的第一联有"世事几多鸭听雷"句,其中的"听"应该读作仄声。这种两读的字,在写诗的时候需要注意。类似的字还有看、过、望等,可以作平声,也可以作仄声。

　　特别需要重视的是,有的两读的字,使用的时候虽然可平可仄,但平声与仄声的含义或用法有所区别。如"论"字、"为"字。"矛盾论"中的"论"为仄声,"论语"中的"论"则为平声;"为了"的"为"是仄声,"为人师表"的"为"则是平声。此类例子不胜枚举,需要在作诗的过程中细加参详。

我 的 诗 词

感　怀

年少好弦歌，翩翩夜宴多。

开轩临暮色，联袂看星河。

奇志凭三气，豪情越九阿。

缤纷惜弹指，岁月已蹉跎。

注：《小学绀珠·艺文·三坟》引汉代马融曰："三气，天、地、人之气。"阮籍《咏怀》诗之八二："垂影临层城，余光照九阿。"

今朝无所求，曲径可通幽。

巨树应非老，疏林原是秋。

诚邀三五伴，娱乐数双眸。

窃笑世人俗，凭空日日忧。

秋日返乡即景

非是青青草，田中郁郁苗。

高山拥沃野，长笛奏民谣。

石屋傍泥路，水牛过木桥。

此时禾谷盛，万物竞相涠。

甲午立冬

天色碧如洗,园中群鸟鸣。
冬春混不辨,哀乐了无更。
霜雪几多远,巢窠何处营。
问君数缄口,心旷白云生。

秋　意

天寒睡意浓,枕上听秋风。
暗虑饥鸣鸟,难寻蛰伏虫。
园庭多落叶,阡陌又飘蓬。
远去一行雁,翻飞残梦中。

钱 学 森

年少出钱塘,全心赴国殇。
立言多领域,涉远数重洋。
长箭空天舞,书生意气扬。
临终有一问,眷眷说衷肠。

访宁海三麓潭

鸡鸣尘俗远,千里过山庄。
卵石嵌枯草,清溪映夕阳。

歌时情似火,舞罢夜如霜。
少长皆忘我,此心留客乡。

潭边秋色重,稻熟白茅黄。
禅院典藏美,农家芋菽香。
驱车临古道,驻足望沧桑。
不觉谈风劲,开怀累十觞。

出门兴所至,涉远马由缰。
空谷绝尘杂,梯田见草荒。
自然生息意,万物无为相。
侄偬非吾愿,安闲中岁尝。

菜　　园

冬雨几番过,菜园趋式微。
离离生野草,瑟瑟作芳菲。
今日叶虽枯,来年泥自肥。
但存火红籽,莫使误春晖。

冬日访西溪湿地

湿地欲观鸟,无期大雪飞。
荒村寻馆驿,同伴叩柴扉。
生火置茶具,展颜宽锦衣。

此中真意气，长饮不思归。

有　闲

案上干牛肉，足边微火炉。
闭门难觅食，缘木怎求鱼。
一觉自然醒，三冬去意徐。
持杯何所待，冒雪倒骑驴。

送女儿之剑桥攻博

明日女儿将欲行，康桥学业好前程。
番邦饮食多粗粝，亲入庖厨仔细烹。

七宝金桂苑

红尘深院锁金桂，秋水蟾宫看睡莲。
此处时光如隔世，一双古树已千年。

注：上海七宝镇有金桂苑，池台楼阁俱全。藏于市井之中而鲜为世人所知，是一个闹中取静的地方。内有文物数处，修缮良美。其中的两棵银杏树，是北宋年间种植的，虽历经数百年的风雨，葱茏依旧。世纪之初，我到上海工作，曾寄居在金桂苑里面。

扬州瘦西湖观菊展

二十四桥青石寒,谁人长立自凭栏。
群芳多谢无寻处,独此菊花如牡丹。

过富春庙山坞

十里樱花江水滨,暖阳散淡踏春人。
抱疴尤望风烟渡,遥指天涯若忘神。

与洗非刘骅二兄过黄公望结庐处

问道富春幽壑处,山庐依旧客来殊。
桃花翠竹满空谷,长卷依稀看有无。

注:黄公望的《富春山居图》长卷,是依照他所结庐的富阳峡谷来画的。当年,富春江的水位较高,一直漫溢到峡谷的深处。而今,江水消退,谷底蜿蜒而上的小径两边,长满了桃树与翠竹。

返 乡 小 记

山村院落尽青苔,何处幽兰墙角栽。
淋得中秋此番雨,好舒华叶报人来。

山中有此小平阳,粳稻连绵穗正黄。
秦汉魏晋浑不觉,桃源净土已搬场。

君临天下浦阳江，灯火阑珊是故乡。
酒罢众人皆散去，独行漫步忆情长。

江水幽幽过我家，长天初霁柳丝斜。
清波婉转流连初，西施当年曾浣纱。

迎新二首

年年守岁最无计，聊看烟花午夜时。
旧去新来风拂槛，悲欢总教两迟疑。

三尺枕头江海系，梦中琴瑟一如真。
漫天大雪空庭落，谁与腊梅相试春？

仲春偶作二章

东风何事逐炎凉，难测阴晴梦未央。
开落纷纷两无主，桃林人渺鸟声彰。

一波一影斜阳里，手执柳枝观暮烟。
偶得佳词无纸笔，轻抛远树化飞鸢。

盛夏三章

梅雨烟消池畔柳，寻书幽处赋闲情。
风来始觉清凉好，乍起蝉鸣三两声。

欲寄行囊方寸乱，同窗离别最伤情。

纷纷车马扰心魄,从此不堪汽笛声。

常思荒村消酷暑,奇蒿腐婢见悠情。
繁星滑落山凹里,一夜叮咚听水声。

注:奇蒿,俗称六月霜,一种菊科的植物,山里人用它的花和茎干来泡茶,有清凉的功效;腐婢,俗称豆腐柴,马鞭草科的植物,山里人用它的叶子来做"豆腐",晶莹剔透。

次韵胡中行教授感秋诗二章

荻花坡上风声碎,荷叶池中雨意绵。
莫负山家好景色,晚来人约饮窗前。

暖阳斜照栏干密,飞鸟乱鸣藤蔓绵。
轻乏闲书抛草地,鹅黄一叶落跟前。

论　　诗

欲效东篱采菊姿,南山无觅意空驰。
常教江海过方寸,一浪一花皆入诗。

杭城感怀三章

秋夜听音音不尽,黄昏土灶月添明。
旧琴无语昔花落,总叫新花开满城。

注:土灶,西溪路上一农家菜之店名。

老街河坊人如织,酒肆吴山月未明。
柳浪莺啼临别意,几番杯溢水边城。

秋江潮水一时平,午夜街灯分外明。
长忆孤山放鹤处,闲抛心事遍杭城。

静安红颜三咏

歌女枕流漫弄春,芳姿天籁俱清纯。
当初风雨飘萍客,原是东坡一后人。

——周璇

注:枕流,为当年周璇在上海的住处;周璇,原名苏璞,据说是苏东坡的后人。

文字昭彰堪动地,倾城之恋更留名。
孤芳难遇知音者,千古寂寥嗟众生。

——张爱玲

注:倾城之恋,为张爱玲的小说名。此处为双关语。

野草闲花开沪上,无声莞尔亦光芒。
郎君好觅情难觅,此恨绵绵惜未央。

——阮玲玉

注:野草闲花,为阮玲玉主演的电影。此处为双关语。

从教有感

有类方教非俗流，开腔当辩甲申由。
讲台三丈引明道，学海无边竞远舟。
淇奥风华称孔孟，竹林饮宴自春秋。
江山代有人才出，不与蝇营相共俦。

冬日暖阳

我家扁豆叶青青，今日暖阳照院庭。
冬实冬华叹真有，秋风秋雨说曾经。
但将方寸志存远，不使流年浪打萍。
极目云天了无际，依稀高处过蜻蜓。

静安四咏

参加静安诗词社已经整三年了。从不懂平仄的初学者，到现今成为静安诗词社的常务副社长、上海诗词协会理事、复旦大学中文系《诗铎》丛刊编委，是一个努力学习而充满趣味的过程。这之中，对于静安这个地方及人和事，渐渐地生出感情来。

静安吟诵在春天，楼宇森森集众贤。
文竹小园漫展叶，梧桐深巷尽吹绵。
魏晋风起遇芳泽，唐宋韵来临醴泉。

泼墨白描皆雅韵，无边草色盛心田。

静安小憩在夏天，午后闻香思睡莲。
万丈楼高云色白，三分池小水波绵。
聆琴不觉蝉声噪，举箸方知日影迁。
逸致闲情深巷里，我心散淡众生前。

静安怀古在秋天，宝刹风云轻似烟。
笠泽江宽十三里，曹家渡老两千年。
往来水上鲈鱼美，迎送埠头杨柳妍。
多少古今人与事，几番沧海过船舷。

注：笠泽，苏州河的前身古松江。

静安小聚在冬天，如意金樽飘紫烟。
莫错高朋疏酒令，当寻佳客结人缘。
刘伶往事追新月，太白遗风拂旧年。
问道师门无倦意，夜归风雪亦欣然。

山中三首

每年都要带学生进行生物学野外实习。一般选择在盛夏时节，或去天目山国家自然保护区，或去诸暨五泄国家森林公园，经常需要花费两周左右的时间。

山里方知日脚长，平明沙漏细声彰。

清泉石上水珠落,苍竹林间鞭笋藏。
小恙徐行观景物,微醺斜卧读文章。
松涛无限晴方好,风动绿波如海洋。

花前听雨雨声长,虫噪林深踪未彰。
天井水流来是急,石阶暑气去非藏。
欲寻灵运登山屐,却得渊明种豆章。
中岁偷闲勤悟道,诗书作伴意洋洋。

暑中眠浅夜漫长,白日游思梦里彰。
涉足清溪心意远,挥毫淡墨笔锋藏。
晓风处处翻书页,夜籁声声刻石章。
无觉鸟啼满山谷,开门云涌若汪洋。

扬中三首

大学时代的同学高兄,二十五年不见信息。听说在扬中安家落户,便只身前往探视。

蒹葭深处望江流,一片孤帆逐水游。
静谧白杨漫屋后,喧嚣浊浪过心头。
菜花百亩迎晴日,春意千寻献学俦。
小院农家香韭绿,今朝做客太平洲。

沧海曾经恣意流,啄鱼水鸟亦难游。

言欢把酒赴江渚,叙旧寻朋到地头。
一席河豚迎远客,三番俗语慰同俦。
参商不见经年梦,灯烛今宵照小洲。

年少时光未倒流,偷闲无悔作春游。
不嫌命运少如意,怪看人生多白头。
合仲高风非可比,圣俞雅韵亦难俦。
鱼规咕故鸣声作,把盏尽杯芦荻洲。

注:河豚古名"鱼规",俗名吹肚鱼,能"咕故"作声。北宋梅尧臣:"春洲生荻芽,春岸飞扬花。河豚当是时,贵不数鱼虾。"河豚之肥美,有口皆碑,苏东坡用"值得一死"来形容品尝后的感受。

重游扬中

君临天下到扬中,万里长江生两虹。
一望蒹葭雨萧瑟,再逢故知话由衷。
河豚出水佐清酒,膏蟹入盘蘸小葱。
谁说病躯难致远,随心所欲驭黄骢。

清明三首

寒食农田方始耕,秋千荡处柳枝萌。
无边霜雪渐相远,千里河山还复明。

爱恨情仇书里问,逍遥志趣雨中行。
推敲感念池边树,桐月禅房多落英。

柳树烟燃芽复萌,绵山寒食觉风轻。
晋文公愧前时肉,介子推谦当日名。
草木有知感气节,江河无语叹灵生。
武功文治称雄霸,烽火沙场乃作耕。

注:重耳处于逆境的时候,介子推曾经割下自己腿上的肉来给他吃。

水暖池塘蒲草萌,风吹原上鸟啼轻。
菊黄菊白共神色,雨密雨疏同泣声。
留恋花娇无百日,追思人德尽终生。
清明季节涨春水,勿忘及时扶耒耕。

登　　高

松风似海雪初霁,正月登高到浙西。
持杖因知古道险,回头唯看白云低。
行听山籁卧听鼓,坐爱空亭伫爱溪。
指点三分春色早,得闲聊作弄潮儿。

注:弄潮儿的"儿"字,发音似应为"尼",否则便与霁、西、低、溪等不押韵了。现代的南方很多地方,仍然将儿

子读做"尼子"的。按照字形结构来看,你、倪的发音都是"尼",估计古代的时候汉语里面的儿、尔应该都是读作"尼"的。

咏史三首

罗縠羽衣莲步中,浣纱春水已成空。
一双笑靥才回首,十万精兵尽望风。
但有乡情吴藕似,更悲旅恨越山同。
无能应笑是男子,错把霓裳作彩虹。

——西施

人生何处可相逢,悲喜关山千万重。
一去蓬蒿见穷相,初登宫殿失从容。
低眉自顾杯中影,拂袖谁堪饭后钟。
天地恢恢破罗网,骑鲸捉月水淙淙。

——李白

注:唐人王播有"饭后钟"的故事。闻一多"诗人之死":捉月骑鲸而终。

楚云端里望天涯,襄水曲中生物华。
常问迷津泊烟渚,好游平海话桑麻。
光阴寂寂何所待,草木融融皆发花。

乡泪客中悲落日,松风过处醉流霞。

——孟浩然

注:孟浩然诗有"我家襄水曲,遥隔楚云端"。又有"移舟泊烟渚,日暮客愁新"。这首诗歌,四联都是对仗,是一种尝试。

望　春

春去春来春不尽,梅花往事了然心。

梧桐沐雨新芽出,油菜凌霜硕果寻。

风雪子猷生妙语,江湖居易感知音。

围炉午夜敲棋子,多少诗篇吟到今。

注:东晋王子猷(王羲之的第五子)雪夜访友,到了友人的家门口,却"意尽"而返;白居易邀请刘十九前来饮酒,写邀请函云:"绿蚁新焙酒,红泥小火炉。晚来天欲雪,能饮一杯无?"

旅　思

应听山涧水淙淙,静遣相思奔大江。

小坐神游观宇宙,轻眠梦骋问家邦。

空庭午后鸟栖树,野径黄昏蝉作腔。

酷暑莫言心志懒,人生何处不寒窗。

辛　夷

乔木望春三月开，千花万树羡其才。

蕾无旁出聚华盖，色尽嫣红满秀腮。

水涌沧浪骚客去，坞迎木笔状元来。

一般风物异情趣，香草美人多忌猜。

注：木笔，为木兰类植物。王维有《辛夷坞》诗，辛夷即紫玉兰。

与新德袁正二兄天目山春游

遥观云雾锁山头，骤雨狂风次第收。

院内家禽鸣不住，林间竹笋出无休。

偷闲农舍摆佳宴，寻乐乡村作畅游。

问道驱车呼侣伴，暖春三月过杭州。

晚　春

草盛莺啼江水滨，孤帆一片远轻尘。

暖阳慵倦烟波客，清酒微醺幻梦人。

碧树层层难会意，残花处处易分神。

门前柳絮似飘雪，自古感时伤暮春。

清明植葡萄

巧植新枝一尺长,藤君黑姓是藩王。
漫翻润土远车马,细理阳台作庙堂。
梨栗荒郊堪可鄙,风云灵府任由狂。
犀盘好整待佳客,雁柱弦鸣共品尝。

注:岑参诗有"黑姓蕃王貂鼠裘,葡萄宫锦醉缠头"。

夏　　至

蛙声雨后起连绵,心事无端越逝川。
西塞山边伤往事,幽州台上叹流年。
蜗居有感神龙远,晓梦但望孤病痊。
纵有灵犀传锦瑟,不知撩动几多弦。

注:唐人刘禹锡有《西塞山怀古》,陈子昂有《登幽州台歌》。

重　　阳

此地无山心有山,异乡羁旅返乡难。
临窗数度艳阳正,对镜频仍冷月弯。
莫叹江湖舟讯远,当知廊下乐音欢。
重阳之日弄文字,湘女依稀玩玉簪。

秋　　池

池塘风起正清秋，菡萏亭亭开未收。
曼舞烟波十里阔，巧添宫阙万般柔。
灵根自古无遗恨，禅意由来不识愁。
一片雨声如约至，谁人与我共扁舟。

香山遇旧友

专程去北京香山看红叶，意外遇见久未谋面的朋友。于是以畅谈代替了登山。担心误了第二天一大早的返沪的飞机，夜里不敢沉睡。

白露来临秋渐重，香山寄住为红枫。
如烟雾霭深深锁，似梦山峦浅浅横。
置酒东窗忘美色，言谈终日会高朋。
寻芳不悔亏硅步，午夜轻眠听雨声。

归　故　里

浦阳江畔小农庄，听取蛙声一夜长。
飘忽心头年少事，隐辚月下旅中舫。
空怜秋水似流水，更叹故乡成客乡。
西子有情归旧国，阿能陌上理蚕桑。

过天目山朱陀岭

潇潇细雨洗苍穹,古木森森鸣百虫。
蛇走蜿蜒飞鸟尽,苔生惆怅石阶空。
身临旧地作归客,心逐长风类转蓬。
别径笠屐频驻足,山花寥落似征鸿。

垂　钓

大学毕业的时候,只有二十岁,被人掉包分配到乡下的一所中专里教书。终日无所事事。经常出去钓鱼。先将钓鱼竿从学校的围墙扔出去,然后骑个自行车公然出校门。这个方法可以避人耳目,却也虚掷了许多青春的光阴。

莲池静坐问天公,水里流云拂宇穹。
运命多舛知坎坷,青春无计叹虚空。
蜻蜓荷叶波中影,知了芦竿岸上风。
钓罢三春钓长夏,自嘲渭水作渔翁。

远　足

纷攘红尘事有涯,得闲远足理桑麻。
不求采拔三枝笋,但得栽培数处花。
清水出山奔闹市,俗人归野住田家。

夜长早寐谷中静,梦里依稀涧水哗。

姑　苏

姑苏柳絮飘无际,水暖运河逢故知。
一处园林一处梦,几番往事几番痴。
人生难得思达趣,风物总教花弄姿。
乱云飞渡三千里,犹自从容赋小诗。

金 陵 秋

重九金陵花正黄,钟山一带尽秋凉。
登高共语人如画,望远无声水似霜。
粉黛秦淮三世梦,君王玄武六朝殇。
多情自古伤自我,往事几多枉断肠。

重游狼山感怀

大磊落矶江北岸,平原万里一孤山。
流离骚客寻归处,传道高僧避浪湾。
海纳百川从此过,钟灵毓秀向前看。
西畜半载曾耕作,数处芸苔各尽欢。

注:"大磊落矶"是吴昌硕为狼山所题;初唐骆宾王流落通州,死后埋葬于狼山东南麓;鉴真和尚第三次东渡时,在狼山避风,当时狼山处于江水之中,北宋期间始得

与陆地相连;上世纪90年代初期,我曾在狼山西北边种过油菜,以检验一种除草剂的效果。每次从南京乘十二小时的夜班轮船到南通,于清晨赶至狼山脚下,劳作一天后,乘傍晚的轮船连夜回宁。诗中出现"海纳百川"和"钟灵毓秀"两个成语,一般应该避免。但"海纳百川从此过",暗示当年狼山脚下的这番劳作,是后来能够到上海工作的一个前提,所以权且用之。

讲授生物演化论

欲将生命溯源头,斩却绵绵万古愁。
修饰继承为演化,分离选择是存优。
桑田沧海由来事,物转星移无尽秋。
今析诸君此宏论,可抛诺亚彼方舟。

无题十三章

正月相邀米酒浑,轻言慢语到黄昏。
不知席上佳人醉,但觉身边素手温。
云汉依稀空自古,天涯咫尺梦相存。
桃花红色开无度,应结芬芳在后园。

园中曲径我当先,三月姑苏观暮烟。
志趣舒徐堪格物,风情淡泊可随缘。

萧韩明月自通达,郭乐高台亦慧贤。
水隔沧浪两天地,一般心事落花川。

何处啁啾唱树莺,落红堆里有人行。
东风洒脱朝阳暖,弱水逍遥紫气生。
开卷品茶依牖户,皱眉吹碧起涛声。
朝来酒醒忘川岸,昨夜轻寒可梦惊。

暮云望断无归雁,柳树如烟鸟乱飞。
绿重红消方夏日,风轻人瘦遍罗衣。
无由邀醉共明月,我自携诗入帐帏。
午夜楼高聆夜籁,无眠还复向茶几。

畅饮无需多话语,觥筹初展见灵犀。
杯沿柔滑三分意,肠内绵延十里堤。
悲喜非关你我事,笑谈总涉海天题。
何当半醉共明烛,漫读诗书待晓鸡。

百木萧疏人事忙,寒风乍起整衣裳。
蜂鸣犹记花间舞,蝉翼可寻枝上霜。
悲曲感人歌百里,秋声动地赋欧阳。
风云千古几多梦,化作翩翩一叶黄。

银杏房前尽泛黄,临东牖户透暖阳。

遥知北国几番雪,感念南天又一霜。
开卷有思风淡淡,煮茶无意趣裳裳。
流年不惧醒来早,半是悠闲半是忙。

小桥深院过西东,月色亭台秋水中。
煮酒当年观大雪,论茶今夜赏微风。
何曾阶上手牵手,今又窗前瞳对瞳。
烟露瑞香灯火里,衣巾不觉湿花丛。

野径竹林时向冬,青苔寒露万千重。
不知雾里几多岭,但看身前数处峰。
芳泽氤氲秀色在,闲情迷离灵山逢。
人间冷暖云天寄,且听谷空流水淙。

雨水雾中寻草花,枝枝香杏未萌芽。
门前隐约观嘉木,窗口依稀品白茶。
桃李不言惟守候,蝶蜂多事好当差。
严冬一过三春暖,明日煦风吹我家。

山城风雨过江船,纵马由缰跃四川。
掬水溪边榕树下,吟诗桥侧草堂前。
都江堰上尽游客,九寨沟中多噪蝉。
暮鼓声声催客醒,峨眉峰顶望婵娟。

去国西行未见归,空天青鸟乱翻飞。
一朝踏浪逐流水,无隙回眸看日晖。
雨落尘埃风淡淡,云飘蓬岛气巍巍。
柴扉十载少人叩,地僻田荒自采薇。

料峭微风入树林,有声听却复无音。
依稀穷巷连绵雨,仿佛谁家不了琴。
弄墨案前人已困,舞文纸上夜将深。
今宵无意又逢节,千里心思细若针。

金 陵 行

1986年大学毕业之后,在一个乡村边上的学校里,度过了七年的时光。终于去考硕士、博士,赴南京读书,前后的经历又有七年的时光。求学期间,虽然不需要交学费,但经济上的来源却是非常的有限。博士期间的三年,每个月的助学金是三百零二块九毛(至今不知道他们是怎么算出来,发给我这个奇怪的数目的)。曾经到街边去叫卖廉价的珍珠项链;也曾经到企业里面去打工,天南海北地推销产品。2000年到沪上安顿下来,重新开始工作,离大学毕业已经十四年过去了。

初识金陵于卫岗,深秋追梦栖象牙。
行囊羞涩寒窗苦,夜半腹饥权饮茶。
回首故乡千里远,从此淡忘理桑麻。
陋室敝衣腊月夜,自斟薄酒雪飞花。
殷勤伏案五更过,一缕曙光透牖纱。
抬首钟山气巍峨,满目苍翠共紫霞。
何物负重身长俯?赑屃古道梧桐树。
何事城下貔貅吼?纳食四方不复吐。
何方灵魂曾难眠?仲谋兆民羞相聚。
孝陵千古柏森森,风流犹得拜国父。
天文台上观星辰,六朝残梦归尘土。
旧墙新创多弹痕,引得书生冲天怒。
求学无畏岁月长,晨起遍寻众衣裳。
非整容装迎宾客,欲穷兜里换琼浆。
街头彳亍且遮面,夫子庙前做小商。
贡院深深生碧草,花虫鱼鸟市泱泱。
一串项链日向晚,秦淮河边觉风凉。
三餐素面曾经月,我欲问天天亦苍。
夏至蝉鸣催人倦,石头城里酷暑缠。
资治通鉴书闲翻,难敌驱蚊无宝扇。
起意江湖南复北,三尺剑锋布衣悬。

行路万里觅真知，草莽深处广结缘。
犹记浦阳江水流，纵情一钓七春秋。
琴棋书画消永夜，常得闲散弄扁舟。
村舍鸡鸣入晓梦，炊烟俚语伴归牛。
田间桑葚尽堪摘，壶里乾坤任遨游。
忽然一朝逢雨露，醍醐灌顶野性收。
关山渐远心亦远，劳燕分飞鸟空愁。
流光易逝风云谲，几番好雨几番雪。
西去东来耷夜船，大磊落矶从头阅。
通州西畚植芸苔，狼山脚下祭诗杰。
也曾情系玄武湖，乌衣巷口芳思撷。
燃情岁月逾七载，栖霞山上枫如血。
莘莘学子互相送，依依且做金陵别。
归于海上欣欣然，人生转瞬到中年。
格物常思寒窗时，修身犹如侍薄田。
良莠同春逢德泽，须将梳理心向贤。
传道更比授业勤，他日桃李自万千。
今遇故人话金陵，杯中莫愁十里烟。
午夜辗转寻笔墨，聊作长歌托无眠。

述　怀

独自望山川，空思人生缘。
由来多歧路，但闻水涓涓。
世事更纷杂，哪得用心专。
远啼有野鸟，雾里踪迹渺。
倦飞还入林，隐者自然小。
神游若等坛，无从倚阑干。
极目千万里，此心应是宽。
可怜深秋至，高处不胜寒。

昨夜三分醉，醒来意迟迟。
煮茶观窗外，大雪压树枝。
今日约嘉人，高兴芙蓉池。
生平常独处，思多娱乐少。
庙堂难预期，不及江湖好。
四友同三朋，舒林栖高鸟。
芳菲播四时，聆琴自然渺。

畅笑是为何，荡然已忘记。
无欲则能刚，不为人所制。
世事多沉浮，无计胜有计。
我自爱旅程，放鹤云天际。

环顾有知音,毋需心门闭。
一饮累十觞,拼将醉如泥。
斯文徒伤悲,向隅独流涕。

园内鱼腥草,腊月犹葳蕤。
霏霏淋淫雨,更兼朔风吹。
自有耐寒志,不与群芳衰。
曾经三凋敝,生命复能持。
夏至火烧野,克己藏芽儿。
休眠非长憩,蓄力以待时。
今日漫展叶,尽连泥中枝。
潜龙当飞跃,心远意可驰。

今日品香榧,家乡故人来。
老友应无恙,何时可共杯。
相聚苦日短,嘉果壳成堆。
思彼玲珑树,不畏风雪催。
德膏以自泽,我欲园庭栽。
万物恋故土,明此心实哀。

阳光好灿烂,透帘入书房。
养疴做晨练,读书品茶香。
彤云任舒卷,气定日脚长。

神游千山外，萍踪且冬藏。
抱拙称无为，懒散复何妨。
凌云多少志，遇时亦染霜。
陶公南山豆，逸少东院床。
竹林多快意，高风应未央。

夕阳虽是红，惜在雾霾中。
如黛群山远，几多蛰伏虫。
登高述胸怀，凄凄迎晚风。
长天尽一色，不见有飞鸿。
应有寒霜露，暗结在苍穹。
家炊无觅处，前尘走黄骢。
燃灯灯阴里，何事思无穷。

咏 邓 丽 君

少时初聆君，芳名天下闻。
道是靡靡曲，清婉卓不群。
倏忽三十载，温馨情未改。
一如夜来香，吐气似兰蓓。
小城故事多，却是若存悔。
清迈恨何时，拥衾浮泪海。
字字皆玑珠，珍藏在玉壶。

殷勤常展阅，孤旅变通衢。

歌者能如此，人间谅再无。

蝶 恋 花

曾经在尚湖的一个小岛上过了一个月与世隔绝的日子，既不能上网，也不能用手机。先是极其繁忙的工作，继之以极其无聊的休闲。这些词，就是休闲之中的作品。

寥落暮春无去处。闲展诗书，石案池边树。慵倦睡莲昨夜雨，单飞粉蝶花间舞。　　风动柳丝依玉宇。一抹残阳，游子思无数。鱼跃声声莺乱语，尚湖侧畔人羁旅。

灯火阑珊人影绰。夜夜笙歌，道是清平乐。墙外繁星空闪烁，浮云暗度无人觉。　　谁掷流光驱野鹤？草色萋萋，月季纷纷落。梦里不知河水浊，醒来要把无为作。

堤上微风吹老柳。午后斜阳，聊发三声吼。无奈浓情抛白昼，闲人临水呼村狗。　　春色非分良与莠。水藻连连，处处生新藕。逐浪渔舟勤唤友，虞山遥望斟薄酒。

深院石榴开几许。翠绿丛中，点点嫣红吐。金蕊初萌沾雨露，芳姿仙韵西来树。　　独立小桥春已暮。一样情怀，愁对炎炎暑。赤萼朱颜当别去，清风明月归家路。

夜静雾轻停画舫。蛙鼓声声，树影波光漾。新月无边兼细浪,葡萄藤蔓依稀长。　　人倚阑干心荡荡。无觅佳人,数曲清歌赏。何物殷殷频遥望,一灯如豆虞山上。

园内游鱼园外鸟。两处闲情,一并暖阳照。水色清清风正好,朝花夕露何时了?　　浓睡方醒残梦恼。玉石阑干,天远波光淼。庭院深深多碧草,芭蕉新叶枇杷小。

曙色平湖方雨歇。水鸟翩翩,堤上人踪灭。蜂蝶向花花有缺,荒亭野外青苔叠。　　明日放歌将作别。芳草无边,一纸相思帖。满眼芙蓉开木末,园丁漫扫香樟叶。

忆　江　南

高岗上,草色秀无双。翠竹临风闻鸟语,玉兰着意散心香。天碧众山苍。　　归故里,携友话农桑。徐步拾薪炊野荠,殷勤把盏品黄粱。人好水流长。

采　桑　子

南来风信知时节,窥我轩窗。舟楫横江。野渡莺啼又柳杨。　　平生无悔偷闲乐,陌上牵黄。一袭轻装。人与春花共暖阳。

玉 楼 春
迎 新

风摇岁尾如摇柳,丝动万千为别旧。晓寒细雨伴微醺,春态浓情依翠袖。　　流年渐远人添寿,今夕重逢杯共酒。普天同赏百花时,一笑人前携素手。

相 见 欢

当年作别金陵,正风轻。顺水兰舟、东去寂无停。　　梦已醒,三更静,叹飘萍。玉露飞觞、难敌是伶仃。

念 奴 娇
守 岁

好灯一盏,自黄昏,燃到黎明光景。窗外朔风兼细雨,难觅车踪人影。且展群书,六韬三略,欲览还无兴。阑珊诗意,此时堪比杯冷。　　半醒,如梦之间,烟花散淡,除夕年年庆。月黑最深空守际,愁对孤辰新病。沙漏声寒,似言离索,鸟倦嘤鸣静。来春修竹,曲悠吹与谁听。

小 重 山

总是无聊闲散人,徘徊频起卧,掩重门。无端旧事乱纷纷,清秋里,白日若阳春。　　播种种无痕,栽花花不发,草如茵。一茎扁豆绕浮云,高台上,共我舞黄昏。

收罢池塘垂钓钩,微风吹细雨,正深秋。蓑衣一袭乘归牛,前尘事,何为在心头。　　往返尽行舟,波涛同冷月,叹无休。几多慷慨可残留,杯中酒,化得半生愁。

难料阴晴天暗霜,闭门休出户,试冬装。咖啡新煮一杯香,更添酒,自品又何妨。　　碌碌半生忙,悲欢同得失,总迷惘。山山水水入柔肠,轩窗外,天色好苍茫。

我的文章

锄禾小说

锄禾日当午,汗滴禾下土。
谁知盘中餐,粒粒皆辛苦。

这是唐时李绅(772—846)所写的诗歌《悯农》二首之一,妇孺皆知。我在大学教授生物学,喜欢将科学的发现与相关技术的发明结合起来,论述它们对人类社会发展作出的革命性贡献。在讲到植物激素的发现和之后除草剂的发明对现代农业产生划时代的影响的时候,必定要引用李绅的这首悯农诗。出乎我的意料,绝大多数的学生都不明白"锄禾日当午,汗滴禾下土"的意思。

是的,按照文字上的意思来翻译,"锄禾日当午,汗滴禾下土"就是:农民在正午烈日的暴晒下锄禾,汗水滴落在禾苗生长的土地上。这个意思谁能不懂？可是，当追问"锄禾"是什么意思、为什么锄禾要"日当午"而不是在早晚气温较低的时候，基本上就没有人答得出来。

准确地说，"锄禾日当午，汗滴禾下土"反映了传统农耕条件下，农民必须在正午太阳高照时除草的辛苦。"锄禾"实际上是除草的意思。但"禾"毕竟不是"草"，否则直接用"锄草日当午"就可以了。这里关系到动词"锄"的用法："锄"在这里是"用为动词"，也就是"为禾锄（草）"。这种用法在古文当中并不少见，如屈原的《国殇》，这个"殇"是"死"的意思。但把"国殇"翻译成"国家死了"是不对的。"殇"也是用为动词，"国殇"应该翻译成"为国去死"。为什么除草必须是在烈日高照的正午呢？农业上把这种锄禾的行为叫作"中耕"。意思是当禾苗长到一定程度的时候，需要用锄头去为它松土，以便使根系能够较好地生长。松土的时候，顺便把杂草锄掉。一天当中早晚的时候，虽然气温低，有时候还会有露水出现，农民虽然不会被烈日熏烤，但被暂时锄掉的杂草也容易活转过来。所以，锄禾最好是在日当午了。漫长的农业社会之中，农民需要经常性地除草，付出现代人难以想象的艰辛。所以，"锄禾"这种劳动形式，才会使人联想到盘中餐的"粒粒皆辛苦"。

行文至此,突然想起"四体不勤,五谷不分"的句子来。这个成语出自《论语·微子》。据说,孔子曾经带着他的学生周游列国,一天子路掉队,遇到一老农,就问其见到他的老师没有,老农说:"四体不勤,五谷不分,孰为夫子?"

一首幼稚园的小朋友都普遍会背诵的古诗,一首成年人也顺理成章将之当作幼稚园水平的古诗,居然还有如此的解法,想想不禁莞尔。这不是文字功底的问题,而是我们离开大自然、离开生产实践实在是太远的缘故。"四体不勤,五谷不分。"信乎?

俯察品类之盛
——浅析古诗文中的若干植物

王羲之在《兰亭集序》中写道:"此地有崇山峻岭,茂林修竹,又有清流激湍,映带左右。是日也,天朗气清,惠风和畅。仰观宇宙之大,俯察品类之盛,所以游目骋怀,足以极视听之娱,信可乐也。"按照现代的话来说,王羲之"俯察品类之盛",就是关注生物的多样性。孔子《论语·阳货篇》中说:"诗,可以兴,可以观,可以群,可以怨;迩之事父,远之事君;多识于鸟、兽、草、木之名。"古代知识分子对于生物多样性的重视,可见一斑。本文试图从古典诗文的若干例子出发,来浅析古代知识分子对于植物的认识。

一、《诗经》中的若干植物

"风"的开篇《关雎》里面有"参差荇菜,左右流之"、"参差荇菜,左右采之"、"参差荇菜,左右芼之"的句子。这个"荇菜"在上古时期是一种美食,可以煮汤,柔软滑嫩。荇菜是龙胆科荇菜属的一种浅水性植物,可漂浮于水面或生于泥土中。它的茎细长而柔软,节上生根。叶片如同睡莲,小巧别致。花黄色,数量多,挺出水面开放,花期长。现在多用于庭院中点缀水景。

"风"的第二篇《葛覃》,对"葛"这种植物的描写不惜笔墨:"葛之覃兮,施于中谷,维叶萋萋。""葛之覃兮,施于中谷,维叶莫莫。是刈是濩,为絺为绤。"这不仅正确地描述了葛这种豆科藤本植物的外貌与生长习性,还指出了它的用途:絺就是细葛布,绤就是粗葛布。虽然,近现代人们不再用葛来制作衣物了,但葛根粉的保健价值一直受到人们的重视。李汝珍在《镜花缘》中有这样一段文字:"葛根最解酒毒,葛粉尤妙。此物汶山山谷及沣鼎之间最多。据妹子所见,惟有海州云台山所产最佳。冬月土人采根做粉货卖,但往往杂以豆粉,惟向彼处僧道买之,方得其真。"李汝珍是连云港人,据他自己这个说法,当时的葛根粉已经供不应求,乃至出现假货了。

"风"的第三篇是《卷耳》,直接用植物的名字来做题目了。"采采卷耳,不盈顷筐",卷耳是石竹科卷耳属的草本植物,全株密生柔毛,茎簇生、直立,高三十厘米,顶部的嫩茎叶可供食用。卷耳全草可供药用,治乳痈、小儿风寒、咳嗽,并有降压作用。还可治阴虚阳亢、心悸、失眠症、头晕目眩、耳鸣、高血压、风湿痛等。有人将卷耳误认为是"苍耳",这可能是因为卷耳的别称有叫作苍耳的,而苍耳的别称也有叫卷耳的。事实上,苍耳是一种菊科的一年生草本,高可达一米。叶卵状三角形,长八至十厘米,宽五至十厘米,两面有贴生糙伏毛。除了苍耳子可供药用之外,这么高大、粗糙的草本植物用作食物是难以想象的。

《诗经》中出现植物的频率是相当高的,"风"的第四篇就有"南有樛木,葛藟累之"、"葛藟荒之"、"葛藟萦之"等句子。"国风"是周代的民歌,真实反映了当时的人们对自然界的亲近与了解。而知识分子也能够对这些来自生活和自然的植物内容加以采纳和应用。相比之下,现代人与自然万物的距离是渐行渐远了。

二、香草美人中的香草

汉王逸《离骚序》:"《离骚》之文,依《诗》取兴,引类譬谕,故善鸟、香草,以配忠贞……灵修、美人,以譬于君。"后以"香草美人"比喻忠贞贤良之士。屈原的《湘夫人》通篇不及二百四十字,却多次提到种类繁多的植物。如果,仅仅把这些植物当作"香草"的符号来看待,我们在欣赏《湘夫人》的时候,就难免会存在不足。下面这些句子,都是有关具体的植物名字的:

登白薠兮骋望。

鸟何萃兮苹中。

沅有芷兮澧有兰。

葺之兮荷盖。

荪壁兮紫坛,播芳椒兮成堂。

桂栋兮兰橑,辛夷楣兮药房。

罔薜荔兮为帷,擗蕙櫋兮既张。

疏石兰兮为芳。

芷葺兮荷屋,缭之兮杜衡。

搴汀洲兮杜若。

"白薠"为何物,《辞海》解释为"薠草,秋生,似莎而大,生江湖间,雁所食"。现代有人专门对"薠"字作了考证,认为有可能是"蘋",因为这两个字的形状非常接近。但是,《湘夫人》中已经有了"鸟何萃兮苹中",这里苹字的繁体应该就是"蘋"。无论从植物本身还是从字、词的写法上，将"白蘋"混作"白蘋"是难以想象的。所以，关于"白蘋"的意思，应该着落在"似莎而大"的解释上。"莎"为莎草科植物，今名"香附子"，茎三棱形，为常见多年生杂草。《淮南子·览冥》："田无立禾，路无莎蘋。"将"莎"与"蘋"放在一起对待。这样看来，一直语焉不详的"白蘋"应该是比莎草略大而形态相似的一种水生植物。那么"登白蘋兮骋望"的意思，应该是登高而骋望白蘋了。

"荪"是一种菖蒲科的水生草本植物，有香味，可提取芳香油。喜生于沼泽、沟边、湖边。我国端午节，有把菖蒲叶和艾捆一起的习俗。至于木兰科的辛夷、桑科的薜荔、睡莲科的莲、马兜铃科的杜衡、鸭跖草科的杜若等，现代依然沿用相同的名字，只是人们缺乏关注罢了。

《离骚》中的这些香草或植物，支持并丰富了美人意象，有助于构建巧妙的象征比喻系统，使得文字内容显得神秘而生动。

三、诗词中的植物

> 罗浮山下四时春，芦橘杨梅次第新。
> 日啖荔枝三百颗，不辞长作岭南人。

苏东坡的这首七言绝句,人们耳熟能详。杨梅、荔枝,人们非常熟悉。那么,"芦橘"是什么呢?是一种橘子吗?从诗人的描述来看,"芦橘杨梅次第新",芦橘应该比杨梅要成熟得早。而我们知道,在没有"反季节"水果的时候,橘子的成熟应该是秋后的事情了。这首诗歌说明,苏东坡对植物物候的观察是非常准确的。原来,这里提到的芦橘并不是橘子,而是枇杷。枇杷是蔷薇科的植物,原产中国,中文古名芦橘,又名金丸、芦枝。

木末芙蓉花,山中发红萼。
涧户寂无人,纷纷开且落。

王维的这首《辛夷坞》展示了他对植物生长特点的了解。辛夷、芙蓉花,这里指的都是玉兰花,属于木兰科的植物。大凡植物的花的发生,有两种状态:要么是单独一朵一朵开放的,如玉兰、桃花;要么是一群一群开放的,如葡萄、向日葵。而单独开放的花,也只有两个发生部位:要么是枝条的顶端,也就是末端,如玉兰;要么是枝条的侧面,如桃花。"木末芙蓉花",就是盛开在枝条顶端的玉兰花。"涧户寂无人,纷纷开且落"则描述了玉兰花花期不长的特点。可见,对于植物的认识,有利于提高诗词写作的技巧和境界。

现在,我们把高等植物分为苔藓植物、蕨类植物和种子植物。中国古代的知识分子,在诗词中对这些植物都有大量的涉及。例如,关于苔藓植物的有刘禹锡《陋室铭》:

苔痕上阶绿,草色入帘青。

王维《宫槐陌》:

仄径荫宫槐,幽阴多绿苔。

王维《书事》:

坐看苍苔色,欲上人衣来。

刘孝威《怨诗》:

丹庭斜草径,素壁点苔钱。

李白《金陵凤凰台置酒》:

六帝没幽草,深宫冥绿苔。

辛弃疾《水调歌头》:

笑吾庐,门掩草,径封苔。

关于蕨类植物的有《诗经·小雅·四月》:

山有蕨薇,隰有杞桋。

《诗经·国风·召南》：

  陟彼南山，言采其蕨。

王禹偁《读史记列传》：

  西山薇蕨蜀山铜，可见夷齐与邓通。

智圆《赠林逋处士》：

  风摇野水青蒲短，雨过闲园紫蕨肥。

杨万里《与主簿叔蔬饮联句》：

  蕨含春味紫如橡，酒入春风浪似山。
  未信乾坤非细物，小吞螺浦半杯间。

四、蘋、萍、苹辨析

蘋、萍、苹，这三个字，都与植物有关。有必要辨析清楚。

杜甫《东屯月夜》诗："抱疾飘萍老，防边旧谷屯。"明代李景福《暮春遗意》诗："三春看又尽，身世一飘萍。"文天祥《过零丁洋》诗："山河破碎风飘絮，身世浮沉雨打萍。"这个"萍"，是指浮萍科的植物，属于种子植物中的单子叶植物。浮萍科在我国有三属，六种，如浮萍、紫萍等。这类植物，浮水、生于淡水中；植物体退化为鳞片状体，微小,有根或无根,常以出芽法繁殖。由于它"居无定所",常用以喻不定的生活或行踪。常见的词语有萍泊、萍踪、萍水相逢等。

《诗经》有:"于以采苹?南涧之滨。"这个"苹"应该是繁体字"蘋"的简化形式。繁体字的"蘋"或简体字的"苹",是指苹科植物。这类植物与浮萍科植物不同,不是种子植物,而是蕨类植物。苹科的植物,一般为多年生水生植物,茎横卧在浅水的泥中,叶柄长,顶端集生四片小叶,亦称"大萍""田字草"。全草可入药,亦作猪饲料。从植物本身的特性来讲,"萍"是可以无根而漂浮的,"苹"则是有根而定植于泥土中的。所以,这两个字在应用上,应该有严格的区别。需要说明的是,蕨类植物中有一个科,叫作槐叶苹科(也有叫作槐叶蘋科),里面有一种植物叫槐叶萍的,多生于水田、沟塘和静水溪河内。也叫槐叶苹、蜈蚣萍的。"萍""苹"莫辨,到了如此的地步。

至于"蘋",若做繁体字对待,则可以当作简体字的"苹"。但是,若作为简体字使用,它的发音是 pín,而不是 píng。按照"平水韵","萍"属于"九青",与青、经、泾、形、刑、邢、型、陉、亭、庭等放在一起。"蘋"的简写体"苹"则属于"十一真",与真、因、茵、辛、新、薪、晨、辰、臣、人等放在一起。所以,"蘋"这个字的使用比较复杂,需要仔细推敲。

五、我国古代的植物分类

对于古人来说,植物的功能主要在于"食""药"两方面。例如,作为"五谷"之一的水稻,在《管子》《陆贾新语》等古籍中,均有约公元前27世纪被栽培的记载。《史记·夏本纪》:"禹令益予众庶稻,可种卑湿。"这表明公元前21世纪,中国人就开始利用"卑湿"地带发展水稻生产了。《淮南子》:"神农尝百草,一日而遇七十毒。"这些都说明我国远古时期对于植物种类及其功用的认识、研究与利用。

东汉(公元25—220年)时期的《神农本草经》,记载药物三百六十五种,分上、中、下三品。上品一百二十种,为营养和常服药;中品一百二十种;下品一百二十五种,为专攻病、毒的药。如关于人参,有这样的描述:"气味甘,微寒,无毒。主补五脏,安精神,定魂魄,止惊悸,除邪气,明目开心益智。久服轻身延年。"这种对于植物的认知和分类,是按照人们对于资源利用的需要和方便来进行的,是"人为分类法"。我国采取人为分类法对植物进行分类的典型例子,是李时珍1590年发表的《本草纲目》。在这本经典的药学古籍中,李时珍将植物分为草、谷、菜、果、木五部。草又分山草、芳草、湿草、青草、蔓草、水草等十一类；木部分乔木、灌木等六类。1659年国外拉丁文出版的时候称之为 *Flora sinensis*。

这样的分类方法，虽然不再适合当代生物学信息急剧膨胀的状态，尤其是有了生物进化的理论之后，人们开始重视物种与物种的亲缘关系，并按照亲缘关系提出了一些"自然分类"的系统。但是，从应用和方便的角度来看，李时珍对于植物特性描述的许多术语，当前仍在使用。至于《本草纲目》其他方面，尤其是药学方面的价值，一直有待于人们做持续的研究。

俯察品类之盛，是关注生物多样性。这不仅是现代生物学领域的事情，也是一切人类为之感兴趣的人文问题之一。期望通过这篇小文，能够鼓励大家对自然万物给予重视，亲近自然，认知万物，从而有助于提高我们对自然界和人类自己的认识。

古典诗文中植物的"演化"

《史记·伯夷列传》载:"武王已平殷乱,天下宗周,而伯夷、叔齐耻之,义不食周粟,隐于首阳山,采薇而食之。"《诗经》有"采薇"诗云,"采薇采薇,薇亦作止。""采薇采薇,薇亦柔止。""采薇采薇,薇亦刚止。"薇这种植物,现在有了一个新的中文名:大巢菜。按照国际植物命名法规,它的拉丁学名为 *Vicia sativa*。这种植物属于豆科,也曾经叫做荒野豌豆,全株幼嫩部分可供食用。遇到的问题是:你居然知道薇?《诗经》里面的植物现在还有吗?诸多此类的提问,似乎暗示着古代诗文中的植物,早已随着诸子先哲们一起烟消云散了。至少,曾经的物种应该已经演化成别样的新的生命形式了吧?

据报道,瑞典北部地区生长着一棵树龄七千八百年以上的挪威云杉。这株植物在地球上的存在时间,比人类的文明史还要悠久。事实上,超过三千年的树种在世界各地频有发现。要是这些植物有知,它们观察树底下人类的芸芸众生,犹如人类观察蝼蚁一样。一株植物的命运是如此的长久,且不说生物的演化是以群体为单位,需要几百万年的时间作为基础的,古诗文中的植物缘何就演化了呢?缘何就演化得使人们不再认识了呢?

一、此物非彼物

方干有一首《初归镜中寄陈端公》诗:

> 去岁离家今岁归,孤帆梦向鸟前飞。
> 必知芦笋侵沙井,兼被藤花占石矶。
> 云岛采茶常失路,雪龛中酒不关扉。
> 故交若问逍遥事,玄冕何曾胜苇衣。

诗中的植物芦笋,与当今席上之佳肴"芦笋"实非同类。此物非彼物也。我国古诗文中的芦笋,应指芦苇向上生长的嫩茎。芦苇,又称蒹葭,为禾本科芦苇属植物。生长在灌溉沟渠旁、河堤沼泽地等低湿地或浅水中,可保土固堤。苇秆可作造纸和人造棉原料,也供编织席、帘等用;

嫩时为优良饲料;其芽也可食用;花絮可做扫帚、填枕头;根状茎叫作芦根,中医学上可入药。古诗文中芦笋的生长季节,正是春夏之交,万物欣欣向荣之时,常引得骚人墨客感物抒情。

方干另有《春日》诗:

> 春去春来似有期,日高添睡是归时。
> 虽将细雨催芦笋,却用东风染柳丝。
> 重雾已应吞海色,轻霜犹自剉花枝。
> 此时野客因花醉,醉卧花间应不知。

又张籍诗云:

> 边城暮雨雁飞低,芦笋初生渐欲齐。
> 无数铃声遥过碛,应驮白练到安西。

王维诗云:

> 怜尔解临池,渠爷未学诗。
> 老夫何足似,弊宅倘因之。
> 芦笋穿荷叶,菱花胃雁儿。
> 郗公不易胜,莫著外家欺。

苏轼亦有诗云:

> 溶溶晴港漾春晖,芦笋生时柳絮飞。

> 还有江南风物否,桃花流水鳜鱼肥。

值得一提的是,宋理宗时曾被拜右丞相兼枢密使的吴潜,也被称为水利专家,对水边的环境及生态有着独特的感觉。有《水调歌头》词为证:

> 若说故园景,何止可消忧。买邻谁欲来住,须把万金酬。屋外泓澄是水,水外阴森是竹,风月尽兜收。柳径荷漪畔,灯火系渔舟。　　且东皋,田二顷,稻粱谋。竹篱茅舍,窗户不用玉为钩。新擘黄鸡肉嫩,新斫紫螯膏美,一醉自悠悠。巴得春来到,芦笋长沙洲。

而今,芦笋早已"演化"成了另外一种植物。上汤芦笋便是人人皆知的席上佳肴。此芦笋,其植物名为石刁柏,隶属百合科。原产于地中海东岸及小亚细亚,17世纪传入美洲,18世纪传入日本。中国栽培芦笋从清代开始,仅一百余年历史。所谓芦笋者,指其食用的嫩茎,形似芦苇的嫩芽和竹笋,故称之。

此物非彼物的例子不胜枚举。《诗经》有"投我以木瓜,报之以琼琚。匪报也,永以为好也",此木瓜原产中国,为蔷薇科木瓜属的植物。典型的有木瓜海棠和贴梗海棠。这与当今深受消费者青睐的番木瓜不可同日而语。番木瓜,为番木瓜科植物,原产东南亚,大概17世纪明朝后期传入中国,因外形与中国木瓜相似,故名。

二、一物多名

> 洗沐唯五日,栖迟在一丘。
> 古槎横近涧,危石耸前洲。
> 岸绿开河柳,池红照海榴。
> 野花宁待晤,山虫讵识秋。
> 人生复能几,夜烛非长游。

这首《山庭春日》,为南北朝时期江总所写。诗中的海榴,就是山茶花。江总的这首诗歌,是目前能够找到的最早的茶花诗。稍后的隋炀帝杨广也写过一首有山茶花在内的《宴东堂》:

> 雨罢春光润,日落暝霞晖。
> 海榴舒欲尽,山樱开未飞。
> 清音出歌扇,浮香飘舞衣。
> 翠帐全临户,金屏半隐扉。
> 风花意无极,芳书晓禽归。

李白也有一首《咏邻女东窗海石榴》,诗云:

> 鲁女东窗下，海榴世所稀。
>
> 珊瑚映绿水，未足比光辉。
>
> 清香随风发，落日好鸟归。
>
> 愿为东南枝，低举拂罗衣。
>
> 无由共攀折，引领望金扉。

"海榴世所稀"，反映了诗中的山茶花应该是比较名贵的，非"俗物"。

山茶花，又名茶花。古名海石榴，别称玉茗花、耐冬等，是中国传统名花。从园艺上说，山茶花不是一种植物，而是一类观赏植物。按照植物自然分类的方法，山茶花是山茶科山茶属的植物，包括几个不同的种。由于此类植物原产我国西南边陲，它的发现和被人认知、认可相对较晚。一直到宋代，山茶花的栽培之风才传至民间。诗句"门巷欢呼十里寺，腊前风物已知春"，就是描写南宋时期成都海六寺茶花的盛况的。大概也就是这个时期，人们在诗文之中开始称此类植物为山茶花或茶花了。有陆游诗为证：

> 东园三日雨兼风，桃李飘零扫地空。
>
> 惟有山茶偏耐久，绿丛又放数枝红。

茶花不仅耐寒，还开得持久。陆游在这首《山茶一树自冬至清明后著花不已》中,赞叹了这种"耐久"的品质。之后,明代李时珍的《本草纲目》、清代朴静子的《茶花谱》等,都对茶花有着详细的记述。

此种一物多名的情况,在古诗文中比比皆是。最令人叹为观止的是玉米的名称,据考证达到九十多种。其中如棒儿米、棒子、腰粟、鹿角黍等称谓,考虑到了穗的特征,容易让人理解。但如西番麦、西天麦、回回大麦等名称,虽然容易联想到域外的来源,却难以和玉米联系在一起。造成这种情况的原因,大概是由于当初种种信息交流的不畅,各地对同一个物种给予了不同的名称。而这些名称,又会随着时间的变化和环境的变化而演变吧。

三、误读

红豆生南国,春来发几枝。

愿君多采撷,此物最相思。

王维的这首七言绝句人人耳熟能详,诗中的红豆却不是人人都能识得。不少人,将赤豆与红豆混为一谈。这也难怪。一般的辞书在介绍赤豆时,是这样说的:赤豆,又名红豆,是一年生直立或缠绕草本植物。既然赤豆又名红豆,那么反过来,红豆也就是赤豆了。其实,在有关物种的命名上面,如此这般的想当然是一种误读。正如许多注释,在解释《诗经》中的卷耳所犯下的错误一样:卷耳又名苍耳,是菊科的一种草本植物。"卷耳又名苍耳",这应该是没有问题的,名字你随便叫。但是接下来的解释"是菊科的一种草本植物",就完全错误了。卷耳是相对低矮的石竹科的草本植物,嫩时可以食用,而非高大粗糙的菊科草本植物,连猪牛都不吃的。红豆是红色的,赤豆也是红色的。但赤豆是一年生直立或缠绕的草本植物,红豆则是落叶乔木。

近几年,随着人们对保健知识的日益重视,一种几乎被传说成具有神奇效用的植物——红豆杉,引起了人们的重视。其中,南方红豆杉还被列为国家一级保护植物。人们欣喜地看到,红豆杉的种子浑圆、红色而美丽,立刻便联想到了王维"红豆生南国"这首诗。事实上,即便单纯从文字本身来看,"红豆杉"是一种"杉"而非一种"豆"。此间的"红豆"云云,是说它的种子貌似红豆而已。因此,红豆杉被当作红豆,也是一种误读了。

这种想当然造成的误读,是非常普遍的。罗大佑写过一首流行歌曲,叫作"野百合也有春天",许多人喜欢。歌迷们在欣赏这首歌曲的时候,大多把野百合当作野生的百合:因为是野生的,缺乏人类的照顾,有点凄凄惨惨,但是无论如何,只要春天到了,也要开放一下。却不知,这个野百合其实不是野生的百合,而是豆科的一种草本植物。全株小小的、毛茸茸的,长得不起眼甚至有点丑陋。但当春天到来的时候,会开出一些蓝紫色的花朵来。

在现代社会学科细分的背景下,不要说自然科学与人文科学之间缺乏足够的沟通,即使同处一个大学科里面的不同领域,也往往缺少必要的相互了解。研究大麦的可以不知道小麦,研究小麦的可以不知道大麦。对古诗文中的物种名字,因望文生义而产生误读,自然便不可避免了。

四、关于演化

> 蒹葭苍苍,白露为霜。
> 所谓伊人,在水一方。
> 溯洄从之,道阻且长。
> 溯游从之,宛在水中央。

虽说物种的演化是以百万年为时间单位的,但环境的变迁会导致物种分布格局的改变。《蒹葭》出自"秦风",其中的所谓伊人究竟是暗指贤臣还是美女,且不去说它。值得关注的是诗中的环境,"溯洄从之"、"溯游从之"等句子,明白无误地反映了此诗所产生的生态环境。按照现代的话来说,大有江南水乡的感觉。两三千年的岁月弹指一挥间,如今的陕西省一带,何处还能找到"蒹葭苍苍"的水乡景色?

毫无疑问,我们所阅读到的古诗文中的环境,如今已经发生了巨大的改变。那么,生长在相关环境中的植物的种类,也会出现相应的变迁。当我们分析古诗文中的物种的时候,有必要将当时的环境及其演化的过程考虑在内。

> 长安回望绣成堆,山顶千门次第开。
> 一骑红尘妃子笑,无人知是荔枝来。

据《新唐书·杨贵妃传》记载:"妃嗜荔枝,必欲生致之,乃置骑传送,走数千里,味未变,已至京师。"据说,许多差官累死、驿马倒毙于快递荔枝的路上。因此,杜牧的这首《过华清宫绝句》一般被解释为抨击封建统治者的骄奢淫逸和昏庸无道。笔者认为,当初较近的荔枝产地,离长安只有数百里的距离,说是"走数千里"恐怕有点言过其实。如果这样看来,杜牧的《过华清宫绝句》将别有解说。

韩愈有诗云:

> 五月榴花照眼明,枝间时见子初成。
>
> 可怜此地无车马,颠倒青苔落绛英。

诗中的榴花就是现在的石榴。石榴一物,原产伊朗等国家,西汉时期引入我国,从此得到国人广泛的喜爱。如石榴这般的物种,次第从异域引进,实际上也在古诗文当中留下了"演化"的痕迹。按物种引进的来源来看,其间的命名也有一些大体的规律。如唐以前引进的物种,多冠以胡字(如胡麻,原指脂麻、芝麻);唐以后,新引进的物种,多冠以番字(如番薯、番豆、番茄、西番菊等);清代从海路传入的物种多冠以洋字(如洋芋、洋葱);明初对外来物种曾直接使用音译(如烟草原译淡巴菇);民国以来,采用音译的渐趋增加(如咖啡、咖喱等)。

五、国学与西学的结合

古诗文中涉及的物种何其之多,若仅仅根据各种辞书或文献去一一加以考证,实在是一件力不从心的事情。何况,由于以讹传讹在所难免,所以需要现代的分类学的参与,方能将古诗文中的诸多物种落到实处。可行的方法,是给相关的物种以一个拉丁文的学名。由于拉丁文字基本上是一种"死了的"文字,不会再有含义上的演变,因此用它来定名物种最为合适。

例如,上文提到的山茶花,最为常见的一个物种,它的拉丁学名是 *Camellia japonica*。用两个拉丁词来给一种生物定名,这是国际通用的法则。在这里,*Camellia* 是属名,为名词,表示山茶属;*japonica* 则是种加词,为形容词,表示日本的。这说明山茶当初被欧洲人定名的时候,其模式标本是来自日本的。这跟公元7世纪后山茶通过日本传往欧洲有关。如果在上述拉丁学名中将种加词"日本的"换成"中国的",即为另外一种重要的植物:茶(*Camellia sinensis*)。

有一种中文名叫做南山茶的,拉丁学名为 *Camellia reticulata*。种加词 *reticulata* 的意思是网状的,说明它与山茶在叶脉上表现出来的差别:南山茶的叶子与山茶的叶子相比较,叶脉比较清楚。此外,山茶是灌木,而南山茶是乔木,可高达十五米。此种植物又叫云南茶花,别名为滇山茶、野花茶、滇茶花、大茶花。国家曾为之出过八分面值的邮票。还有一种开黄色花朵的,叫做金花茶。1960年,有人在广西十万大山中首次发现了黄色山茶,1965年,中国著名植物学家胡先骕先生将此黄色山茶命名为 *Camellia chryasantha*,从此,金花茶一举成名,震惊世界花坛。金花茶含有黄色基因,为茶花的遗传育种增加了花色上潜在的可能性。

　　如今,正规的植物园和动物园等所在,对其展览的各种物种都清楚地标明了其拉丁学名,以供参观者观摩。笔者认为,在学习和欣赏国学的时候,也不妨结合一点"西学"的内容,以使我们能够更好地消化吸收祖国的瑰宝。

说　　莲

江南可采莲,莲叶何田田,
鱼戏莲叶间。鱼戏莲叶东,
鱼戏莲叶西。鱼戏莲叶南,
鱼戏莲叶北。

这首汉乐府大概是最早的采莲诗。乐府本是汉时设立的掌管音乐的官署,除了编曲配乐之外,还收集民歌。相关的乐章、歌辞后来统称为乐府诗或乐府。对于此诗的艺术特色,姑且不谈。只说此诗乃现存四十余首西汉乐府之一,来源于民间,反映了当时江南采莲的热闹而欢乐的场面。自此诗始,历代文人不惜笔墨,对莲这种植物给予了大量酣畅淋漓的描绘与歌咏。

从分类学上讲,莲是睡莲科的多年生草本挺水植物。原产中国,又称莲花、荷花,古称芙蓉、菡萏、芙蕖。这种植物具有根状茎,也就是分节的藕。根状茎生长在池塘或河流底部的淤泥中,而叶子具有较长的叶柄,将叶片本身挺出水面。在伸出水面的花茎上,着生单朵的花,偶尔也有双朵或更多的。叶片大者直径可达六十厘米,花冠大者直径可达二十厘米。莲有许多不同的栽培品种,花色从白色、黄色到淡红色、深黄色和深红色。

北宋周敦颐的《爱莲说》写道:

> 水陆草木之花,可爱者甚蕃。晋陶渊明独爱菊;自李唐来,世人盛爱牡丹;予独爱莲之出淤泥而不染,濯清涟而不妖,中通外直,不蔓不枝,香远益清,亭亭静植,可远观而不可亵玩焉。予谓菊,花之隐逸者也;牡丹,花之富贵者也;莲,花之君子者也。噫!菊之爱,陶后鲜有闻;莲之爱,同予者何人;牡丹之爱,宜乎众矣。

这篇短文章以"出淤泥而不染"来描绘莲的气度、风节,寄予作者对理想人格的追求。从此,"出淤泥而不染"成为描绘莲的千古名句。

一、莲的诗情画意

郭沫若曾经写过一首《咏睡莲》诗:

不要误会,我们并不是喜欢睡觉;
只是不高兴暮气,晚上把花闭了。
一过了子夜我们又开的很早,
提前欢迎着太阳朝气的到来。

这首诗出自1959年出版的《百花齐放》,在植物学方面给人以一定的启发。原来一直以为,睡莲科的植物之所以叫睡莲,大概是因为这类植物的叶子大都平躺在水面上,似乎像睡觉了一样。看了"只是不高兴暮气,晚上把花闭了。一过了子夜我们又开的很早,提前欢迎着太阳朝气的到来",才去观察这类植物的花,发现一到了晚上,果然统统闭合起来,"睡觉"了。郭沫若的植物学知识的丰富可见一斑。

历朝关于莲花或采莲的诗歌,留存者甚众。南朝梁时的吴均,有《采莲》诗云:

锦带杂花钿,罗衣垂绿川。
问子今何去,出采江南莲。
辽西三千里,欲寄无因缘。

愿君早旋返,及此荷花鲜。

同时期的江洪,有《咏荷》诗:

泽陂有微草,能花复能实。
碧叶喜翻风,红英宜照日。
移居玉池上,托根庶非失。
如何霜露交,应与飞蓬匹。

隋朝殷英童,有《采莲曲》:

荡舟无数伴,解缆自相催。
汗粉无庸拭,风裙随意开。
棹移浮荇乱,船进倚荷来。
藕丝牵作缕,莲叶捧成杯。

唐朝王昌龄,有《采莲曲》:

荷叶罗裙一色裁,芙蓉向脸两边开。
乱入池中看不见,闻歌始觉有人来。

孟浩然有《夏日南亭怀辛大蓉》诗:

山光忽西落,池月渐东上。
散发乘夕凉,开轩卧闲敞。
荷风送香气,竹露滴清响。

欲取鸣琴弹,恨无知音赏。

感此怀故人,中宵劳梦想。

在这些诗歌之中,莲这种植物被描写得生机盎然。这大概与它的生长规律有关,长江流域的物候期为:四月上旬萌芽,中旬浮叶展开;五月中下旬立叶挺水;六月上旬始花,六月下旬至八月上旬为盛花期;九月中旬为末花期。莲能够一面开花,一面结实,蕾、花、莲蓬并存,一般七八两月为果实集中成熟期。所谓"人间四月芳菲尽",春天的万紫千红在夏日高悬的时候,早就消散得无影无踪了。而莲花,却乘着南来的风信,款款而来。在无边的暑色之中,无论是田田的叶子,还是婷婷的花朵,都给人们以无穷的美感与慰藉。

李白的《子夜吴歌·夏歌》有这样的句子:

镜湖三百里,菡萏发荷花。

五月西施采,人看隘若耶。

回舟不待月,归去越王家。

正当五月初夏之际,广阔无垠的镜湖之上,莲荷的花苞纷纷绽开。这时,西施来泛舟采莲,引起轰动。粉丝们争餐秀色,摩肩接踵,以至于宽阔的若耶溪看上去都变得狭隘了。这首诗歌,对莲花本身的描绘虽然着墨不多,却带给读者对于三百里镜湖之夏的无穷遐想。

"花无百日红",到了十月中下旬,莲的茎叶开始枯黄,植株的地下部分进入休眠。柳宗元《芙蓉》诗云:

> 有美不自蔽,安能守孤根。
> 盈盈湘西岸,秋至风露繁。
> 丽景别寒水,浓芳委前轩。
> 芰荷料难比,反此生高原。

李商隐有《无题》诗:

> 飒飒东风细雨来,芙蓉塘外有轻雷。
> 金蟾啮锁烧香入,玉虎牵丝汲井回。
> 贾氏窥帘韩掾少,宓妃留枕魏王才。
> 春心莫共花争发,一寸相思一寸灰。

但下面崔橹的这首《残莲花》诗,更是以物喻人,非常的悲惨:

> 倚风无力减香时,涵露如啼卧翠池。
> 金谷楼前马嵬下,世间殊色一般悲。

也许,还是用白居易的《衰荷》诗,更加来得隽永、贴切吧:

> 白露凋花花不残,凉风吹叶叶初干。
> 无人解爱萧条境,更绕衰丛一匝看。

莲不但入诗、入文,还入画,我国古代留存下来的莲或荷花的水墨画不少,如王冕、徐渭、八大山人等的作品,各具特色,给人留下深刻的印象。

二、并蒂莲

词曰:

> 太液波澄,向鉴中照影,芙蓉同蒂。千柄绿荷深,并丹脸争媚。天心眷临圣日,殿宇分明敞嘉瑞。弄香嗅蕊。愿君王,寿与南山齐比。　　池边屡回翠辇,拥群仙醉赏,凭栏凝思。萼绿揽飞琼,共波上游戏。西风又看露下,更结双双新莲子。斗妆竞美。问鸳鸯、向谁留意。

北宋晁端礼的这首词,叫作"并蒂芙蓉"。由于"莲"与"怜"同音,一说在古代怜即为爱的意思,莲即隐喻对情人的爱恋。所谓"采莲南塘秋,莲花过人头。低头弄莲子,莲子清如水",就是暗示感情的纯洁。那么,并蒂芙蓉或并蒂莲,当然便寓意爱情的美好了。难的是,并蒂莲形成的概率非常之低。据说,莲花专家曾分别用生长过并蒂莲花的藕种和并蒂莲莲蓬里的莲子,反复进行过试验,都不能培育出并蒂莲花。目前,并蒂莲的遗传机制尚不清楚,只能天然生成。

《全芳备祖》记载:泰始二年(公元266年,西晋)嘉莲双葩,并实、合跗、同茎。又《群芳谱》记载:并头莲,晋泰和间(公元366—371年)生于玄圃,谓之嘉莲。再有《宋书·符瑞志》称:文帝元嘉十年(公元433年)七月华林天渊池芙蓉异花同蒂,莲生建康额檐湖,一茎两花。这说明,并蒂莲的现象早就受到人们的重视。明朝有诗云:

> 稽首兰云大士前,莫生西土莫生天。
> 愿将一滴杨枝水,洒作人间并蒂莲。

这反映了作者对并蒂莲的无限憧憬。

根据江苏昆山县志载,元末名士顾阿瑛于昆山正仪东亭村兴建"玉山佳处"园林,在池中种植并蒂莲。该园林历经六百余年沧桑,后荒芜凋敝,但并蒂莲却被留传下来。1934年冬,时国民政府交通部长叶恭绰偶得一方古砚,背后刻有"并蒂莲"诗,且又注明莲出自昆山正仪东亭。1935年,叶氏发起成立"顾园遗址保存委员会",将东亭荷池重新修葺,池旁建大方亭一座,名君子亭。叶氏曾作《五彩同心结》曲,以记其事:

> 前身金粟俊赏,琼英东亭,恨堕风涡。六百年来事,灵根在,浑似记萝春婆。濠梁王气都消歇,空回

首,金谷笙歌。无人际,红香泣露,可增愁,损青娥。栖迟野塘荒淑,甚情移洛浦,影悟恒河。追忆龙华会,招花笑,禅意待证芬陀。五云深处眠鸥稳,任天外尘劫空过。好折供维摩方丈,伴他一树桫椤。

并蒂莲茎杆一枝,有两个莲蓬。所谓的莲蓬,是花的膨大的花托部分。上面聚集着成熟后坚硬的果实,也就是莲子。按照生物学的角度来看,将"莲子"换作"莲籽"更为确切。虽然是一字之差,但"子"为种子,"籽"却是果实。"籽"里面包含着"子"。莲可以用种子或根状茎繁殖。值得一提的是,莲子可以存活上千年。1951年,在辽宁省普兰店泡子屯村的泥炭层里发现了一些莲籽,人们推断它们已在地下静静地沉睡了一千年左右,但是并没有死亡。科学工作者用锉刀轻轻地把古莲子外面的硬壳(果皮)锉破,然后泡在水里,古莲子不久就萌出嫩绿的幼芽来了。北京植物园1953年栽种的古莲子,在1955年夏天也开出了粉红色的荷花。不少国家的植物园从我国要去了这种莲花的种子,并已栽种成活。后来,在郑州大河村的仰韶文化遗址中也发现了两枚古莲子,估计有三千年以上的历史,由于过于珍贵,未进行栽培试验。

并蒂莲是莲花中的极品,象征着百年好合、永结同心。自古以来,人们将之视为吉祥、喜庆的征兆,善良、美丽的化身。但是愿望归愿望,在莲的种植实践中,人们发现并蒂莲开花之后很难能够结实。这正应了"华而不实"的古训,不能不说是一件遗憾的事情。

三、莲与佛教

印度史诗中说,最初的天下全都是水,后来有莲生出水面。那时的大神们都居于阴间,经莲茎出至水上,以莲花为座。所以,寺庙的基座上,一般都雕刻有莲花的图案,视莲花为世之初、位之基。即使在今天,莲花依旧是印度的国花。

从佛教诞生时候起,莲花便成为吉祥之物。传说,释迦牟尼佛在娑罗树下降生时,百鸟群集歌唱,天乐鸣空相和,四季里的花木都一同盛开,尤其是沼泽内突然开放出大得像车盖一样的莲花。释迦牟尼佛觉悟成道后,起座向北,绕树而行,当时就是一步一莲花,共十八朵莲花。

《楞严经》上云:"尔时世尊,从肉髻中,涌百宝光,光中涌出,千叶宝莲,有化如来,坐宝花上。"《维摩经·佛国品》曰:"不着世间如莲花,常善入于寂行。"《诸经要解》说:"故十方诸佛,同生于淤泥之浊,三身证觉,俱坐于莲台之上。"《佛说阿弥陀经》中记载:"极乐国土,有七宝池,八功德水,充满其中,池底纯以金沙布地,池中莲华,大如车轮,青色青光,黄色黄光,赤色赤光,白色白光,微妙香洁。"在《中阿含经》里,释迦牟尼佛说:"以此人心不生恶欲恶见而往,犹如青莲华红赤白莲花,水生木长出水上不着水。"可见,莲花表示由烦恼而至清净。这说明它生于淤泥,绽开于水面,出淤泥而不染的深层内涵。

莲花座,是为佛陀结跏趺坐讲经开示而设。《大智度论》记载了几个为何趺坐莲花的原因:莲花在众花中最大最盛,代表庄严妙法;莲花柔软素净,坐其上花却不坏,可以展现神力。所谓"人中莲花大不过尺,天上莲华大如车盖,是可容结跏趺坐",如此,莲花已升华为天上之花。

在中国,敦煌、云岗、龙门石窟,都有不少以莲花为对象的艺术形式。就是在一般的寺庙里面,佛、菩萨的雕塑也离不开莲花,不是高踞莲花座上,就是手持莲花。如世人最为熟悉的观世音菩萨,也是以莲为伴,或手持莲花,或卧于池中莲花之上,或乘莲花漂行于水面……

据说,在佛教中,莲花可以用来比喻菩萨所修的十种善法。此十种善法为:远离染污、不与恶俱、戒香充溢、个体清净、面相熙怡、柔软不涩、见者皆吉、开敷具足、成熟清净、生已有想。如拿最后一种善法来解释,"生已有想"就是菩萨初生时,一切天人皆喜悦意乐护持,因为了知菩萨必能修习善行,证菩提果,譬如莲花初生时,虽尚未见花,但是世人都升起已有莲花之想。

四、结语

睡莲科属于单子叶植物。按照演化的规律来讲,单子叶植物比双子叶植物要来得进化。但是,睡莲科的植物生长在水的环境里面,这与"水生到陆生"的进化方向不相符合。同时,睡莲科植物的花粉为单沟花粉,这与银杏等裸子植物的特征相同。这样看来,睡莲科的植物,包括莲在内,是单子叶植物中较为原始的类型,换言之,是较为古老的类型。

莲,无论是作为营养器官的根、茎、叶,还是作为生殖器官的花、果实、种子,前人都给予了充分的重视和歌咏。行文至此,突然想起儿童时光,常常在夏天的时候,采一片巨大的莲叶倒扣在头上,作为帽子来玩耍。既不觉"低头弄莲子,莲子清如水"的美妙,也不知"倚风无力减香时,涵露如啼卧翠池"的惨淡。

如今,荷花成为中国的十大名花之一。说明在新的时代背景之下,社会的各界人士对莲这种植物有着崭新而普遍的好感。当我们漫步十里长堤之上,欣赏着"接天莲叶无穷碧"的时候,当我们身处玲珑小筑之中,品尝着

"轻拈愁欲碎,未嚼已先销"的莲藕的时候,有关莲的种种,是否会一起涌上心头?

我的诗词老师、复旦大学中文系的胡中行教授,有咏荷诗一首,权借来充当本文的结尾:

> 此生羞入帝王家,动听雌风静听蛙。
> 之子于归临汉广,伊人在水伴蒹葭。
> 聘聘不与蔓枝累,袅袅偏收日月华。
> 周后鲜闻同好者,倾城竞赏牡丹花。

采菊东篱下
——浅谈菊花及其在中国文化中的象征地位

"采菊东篱下,悠然见南山。"陶渊明的这两句诗,也许,幼稚园的小朋友都能够背得出来。仔细分析一下,这里包含人物、地点、情节"三要素"。据此,我们来做几个提问:为什么采菊东篱下的是陶渊明而非其他人?陶渊明为什么采菊而不是别的花?菊花为什么长在东篱下而不是深山幽谷?这样一问,也许就会联想到菊花为什么在中国文化中占有独特的地位了。笔者认为,正是菊花本身的生物学特性,很好地契合了中国古代知识分子的某些特质和价值取向,才使菊花成为中国文化之中的一个重要符号。反过来说,菊花"宁可枝头抱香死"、"不随黄叶舞西风"之类的种种人化品质,乃是人们理想主义的寄托。正所谓"仁者见仁,智者见智",古代知识分子流传下来的涉及菊花的各种诗文图画,从若干不同的侧面构建了奇特的中国菊文化的立体形象。

一、鞠有黄华

西汉人编纂的《礼记》,是对秦汉以前的礼仪著作加以辑录而成的。其中,《月令篇》有:"季秋之月,鞠有黄华。"记载的是菊花在秋月开花,当时都是野生种,花是黄色的。从周朝至春秋战国时代的《诗经》和屈原的《离骚》中也有提到菊花的。如《离骚》有"朝饮木兰之堕露兮,夕餐秋菊之落英"之句。这时期的菊花,尚无后来人们赋予它的种种秉性。之所以能够引起人们的关注,大概是因为菊花类植物的普遍、花色金黄灿烂、具有芳香、容易从野生状态转而为栽培。从它开花的季节来看,正值秋天,大多数别的花卉早已凋零,爱花的人们自然把一腔爱恋之心,集中到此"我花开后百花杀"的"黄金花"之上来了。

作为野生植物来说,人类对它的了解总是始于利用的需要。哪些植物是可以食用的?哪些植物是可以药用的?哪些植物又具观赏的价值?所谓"神农尝百草一日而遇七十毒",说的就是远古人类探究植物世界的努力。菊花,或者说菊花一类的植物,毫无疑问,早就被我们的祖先有所认识了。之所以敢这样说,是因为野生的菊花类植物种类极其繁多,而且分布极广。菊科是被子植物中最大的科,在所有二十万种被子植物中,菊科植物占两万三千余种,广布于全球各地。我国也有两千余种。非但如此,不少菊科植物的存在,不是零星出现的个体,而是往往形成连片的群体。现代人食用菊花脑,也就是食用野菊花的幼茎和其上的叶子,还用菊花泡茶。相信古代的人们,早就熟谙此道了。

明代《本草备要》记载"菊花味兼甘苦,性察平和,备受四气,饱经霜露,得金水之精,益肺肾二脏";《本草纲目拾遗》记载菊"治诸风头眩,明目祛风,搜肝气,益血润容"。近现代,菊花入药或泡茶的,首推杭白菊。明末清初浙江桐乡农学家张履祥在其《补农书》中写道:"甘菊性甘温,久服最有益,古人春食苗、夏食英、冬食根,有以也。每地棱头种一二株,取其花,可以减茶之半,茶性苦寒与苦菊同泡……吾里不种棉花,亦有以此为业者。但采摘费工,及适市贸易,耳目混乱耳。种植甚易,只要向阳脱水而无草,肥粪甚省,黄白两种,白者为胜。"这说明三百多年以前,浙江桐乡人就有以种菊为业的。杭白菊的营养器官尤其是其花所含的挥发油中,有菊油环酮、龙脑、乙酸龙脑酯等成分,还含有菊甙、腺嘌呤、胆碱、水苏碱、多种维生素、氨基酸等,以及丰富的钾、锌、钙、镁等元素。现代医学表明,杭白菊提取物能扩张离体动物心脏的冠状动脉,从而减轻心肌缺血状态,也能使心肌收缩能力增加,可预防和治疗血管硬化;杭白菊提取物还能降低毛细血管通透性,改善皮肤的血液循环,促进皮肤细胞再生,提高皮肤毛细血管的弹性,具有抗皮肤衰老的作用;杭白菊提取液还可提高机体的免疫能力,对金黄色葡萄球菌、痢疾杆菌、伤寒杆菌、大肠杆菌等有不同程度的抑制作用,可防止各种感染性疾病;高浓度的杭白菊提取液还有明显的抗流感病毒的作用。临床上,杭白菊提取液常作为降压和抗流感中药的重要组成之一。此杭白菊的祖先,乃是生长在野外的黄色小菊,经过栽培、变异、选择而来。如今的日常生活之中,我们经常可以看到,不少人以饮菊花茶为乐。市井餐馆之中,一般也都备有菊花类茶饮的。这种风俗或者时尚,何尝又不是文化呢?吃下去的这点菊花成分,会不会发生想象中的作用,那是不重要的。重要的是一份心情、一份闲适、一份文化。

从文字的记载看来,秦汉之时虽然有提到菊花的诗文,但专门咏菊的却十分罕见。这说明当时菊花只是一种野生或半野生的植物,人们可以将之采集加以利用。在这样的背景之下,菊花,确切地说是野菊花,尚未大规模地被人栽培,所谓品种云云也就根本无从谈起。菊花,只是当时农业文明里面的一抹充满野趣的点缀。

汉武帝刘彻有《秋风辞》:

> 秋风起兮白云飞,草木黄落兮雁南归。
> 兰有秀兮菊有芳,怀佳人兮不能忘。
> 泛楼船兮济汾河,横中流兮扬素波。
> 箫鼓鸣兮发棹歌,欢乐极兮哀情多。
> 少壮几时兮奈老何。

作者通过这首诗歌想表达什么?历史上有两种不同的说法,一是乐极哀来,惊心老至;一是有感秋摇落,系念求仙意,"怀佳人"句是一篇之骨(张玉毂《古诗赏析》卷三)。张玉毂又说:"以佳人为仙人……"虽然,这不是一首专门咏菊的诗歌,但"兰有秀兮菊有芳",菊这一意象与兰并列在一起,是很不容易的。要知道,兰不仅有"秀",也是有"芳"的。看来,菊之形象在刘彻心中已经有了一定的地位。

二、采菊东篱下

陶渊明爱菊成癖是众所周知的。梁时昭明太子萧统在其《陶渊明传》中写道:"尝九月九日出宅边菊丛中坐,久之,满手把菊。忽值弘送酒至,即便就酌,醉而归。"陶渊明在《和郭主簿》(其二)中写道:"芳菊开林耀,青松冠岩列。"《饮酒》(其七)云:"秋菊有佳色,裛露掇其英。泛此忘忧物,远我遗世情。"《九日闲居》云:"酒能祛百虑,菊解制颓龄。"并作小序云:"余闲居,爱重九之名,秋菊盈园,而持醪靡由,空服九华,寄怀于言。"诚然,陶渊明关于菊花的最负盛名的诗篇,是《饮酒》(其五):

  结庐在人境,而无车马喧。
  问君何能尔?心远地自偏。
  采菊东篱下,悠然见南山。
  山气日夕佳,飞鸟相与还。
  此中有真意,欲辨已忘言。

陶渊明以田园诗人和隐逸者的姿态,赋予菊花超凡脱俗的风范。从此,菊花也便有了隐士的灵性。之后的列朝列代,涉及菊的诗词不胜枚举,但多少都能够从中寻找出一丝陶氏的影响来。如李清照的《醉花阴》:"东篱把酒黄昏后,有暗香盈袖。莫道不消魂,帘卷西风,人比黄花瘦。"显然沾染了些许陶家东篱边的菊花的味道。东篱,东篱,自此只许种菊花,不许植他物。

  陶渊明的个人生平和价值取向不去赘述。无论是无可奈何的逃避,还是发自内心的隐逸,从他的诗文中间,可以真切地感觉到他的"恬淡"的情怀。即使地里杂草长得比庄稼还好,"种豆南山下,草盛豆苗稀",亦是以一种带有调侃色彩的轻松心情去面对。所以,"采菊东篱下,悠然见南山",实际上最重要的应该是"悠然"两字。若是别的人,虽然爱菊,但来个"采菊东篱下,哀然叹流年",或是"采菊东篱下,寂寞思故人",菊花的这份超凡脱俗的特质也就建立不起来了。可见,菊花与人,是不可能分隔开来的。自陶渊明始,菊花就沾上了他的情趣、他的风格。甚至可以说,陶氏在中国文化中具有什么地位,菊花也就具有什么地位。

历朝有许多画家,以陶渊明或他的诗文作为绘画主题,从中可以看到陶渊明对中国文化的深远影响,当然也能够看到菊花作为象征性符号的独特地位。据说南朝刘宋的陆探微就画有《归去来兮辞图》,至今存世。但大量的有关陶渊明的绘画,出现在宋朝。谢邁《竹友集》卷四有《陶渊明写真图》,诗题云:"渊明归去浔阳曲,仗藜蒲鞋巾一幅。阴阴老树啭黄鹂,艳艳东篱粲孀菊。"南宋王十朋有一首题《采菊图》诗云:"渊明耻折腰,慨然咏式微。闲居爱重九,采菊来白衣。南山忽在眼,倦鸟亦知归。至今东篱花,清如首阳薇。"到这里,文士们对菊花的理解,似乎又增加了些许自己的想象空间。"至今东篱花,清如首阳薇。"按照笔者的认识水平来看,似乎不怎么确切。一是两种植物本身的差别:菊在陶渊明家的东篱下,应该是一种栽培植物了,是人们喜欢它而从自然界野生状态下驯化而来;薇则是一种杂草,现在叫作大巢菜的,是广为分布的有害于作物生长的东西。它们之间的"品格"无论如何是不可相提并论的。二是两类人物际遇的差别:虽然陶渊明与伯夷、叔齐均为"隐逸者",但伯夷、叔齐到首阳山上采杂草来充饥,是穷途末路,清则清矣,惨亦惨极;陶渊明则"满手把菊,忽值弘送酒至,即便就酌,醉而归"。宋末元初钱选《桃源图》说得好:"始信桃源隔几秦,后来无复问津人。武陵不是花开晚,流到人间却暮春。"元赵孟𫖯有诗云:"渊明为令本非情,解印归来去就轻。稚子迎门松菊在,半壶浊酒慰平生。"将菊与陶渊明"混搭"在一起,并添加上文士自己的想象和内心追求,逐渐形成了一道靓丽的景色,并且蔚然成风。

现在,我们抛开陶渊明对菊的爱好,从另外一个角度来看问题:菊为什么可以种在东篱下?为什么可以被采?这就是菊本身的生物学特性的问题。

首先,菊是草本植物,与木本植物有着很大的不同。正所谓"野火烧不尽,春风吹又生",自从菊花由野生状态引入人工环境之后,它的易于存活的"野性"似乎没有多少改变。无论盆栽还是田园种植,都不是一件困难的事情。这样,经常采集一些加以观赏或者食用,是轻而易举的了。设若东篱边种的是木本的梅花、茶花,估计主人是不太采得下手的。其次,作为草本植物,它的茎的木质化程度比较高,不像别的草本植物一样软弱无力,易于作为插花使用。设若种在东篱边的是兰花,主人轻易是不会"采兰东篱下"的。由此看来,虽然名列"四君子"之一,但菊不是一个需要精心保护的弱者,而是与自然连成一体,具有无限生命力的强者。当今之世,插花盛行,菊花是其中用量最大的一种。

一般而言,"物以稀为贵"。菊花并非属于"稀"的一种,千百年来却得到人们的喜爱,这是菊的自然特性与人的人文情怀交相作用的结果。"采菊东篱下",就是一幅人与自然和谐相处、浑然一体的图画。

三、待到重阳日,还来就菊花

> 故人具鸡黍,邀我至田家。
> 绿树村边合,青山郭外斜。
> 开轩面场圃,把酒话桑麻。
> 待到重阳日,还来就菊花。

这是盛唐孟浩然的《过故人庄》。作为田园诗人的代表之一，孟浩然的作品单纯明净。盛唐之时，虽然归隐也是士大夫的一种倾向，但我们知道更多的却是积极入世、追求功名。孟浩然由于个人际遇的原因，最终成为"隐士"，可能比起陶渊明来有更多的无奈。但他隐居林下的时候，仍与达官显贵如张九龄等有往来，和王维、李白、王昌龄等也有酬唱。这种行为方式，倒与菊花的生长特性比较一致：有气节，也不孤傲。《过故人庄》这首诗，在明白如话的"田家"环境与氛围的描述中，契合着作者与"故人"水乳交融的深厚情谊。"待到重阳日，还来就菊花。"不仅流露出不忍离去的依依不舍之情，也表示了重阳日再次来访的诚恳之意。

事实上，将菊花与重阳联系在一起的诗歌，早在唐朝之前就有了。江总诗云：

> 心逐南云逝，形随北雁来。
> 故乡篱下菊，今日几花开。

江总本是南北朝陈的高官，陈灭亡，仕于隋朝长安，后辞官南归。流云南逝，大雁南归。诗人在回扬州的途中，经山东微县微山亭，正当九月九日重阳，强烈的故乡思念，让他触景生情写下这首诗歌。抛开作为历史人物的功过与品格不谈,"故乡篱下菊,今日几花开"所表达的情意,无疑是真挚的。

古人不知道菊花缘何在秋日开花的生理学原理,便自然将之与秋季容易产生的情愫联系在一起。就像不知道"无边落木萧萧下"是植物的一种自我保护,而产生伤秋的情怀一样。1920年,美国有人发现,美洲烟草在华盛顿附近的夏季不开花,而在冬天的温室中却开花。这提示,对于美洲烟草是否能够开花来说,温度不是影响因子。后来研究发现,美洲烟草是否开花与日照长度有关,美洲烟草只有在日照长度短于十四小时的条件下才能开花。这导致了光周期现象的发现。一昼夜的二十四小时之中,有白天和黑夜的交替。一年中白天和黑夜的长度则是有规律性地变化的,这是光周期。植物在长期的适应过程中,形成了开花对光周期的反应,就是光周期现象。对于短日照植物来说,必须短于一定的临界日长,才能开花;对于长日照植物来说,必须长于一定的临界日长才能开花。菊花就是一种典型的短日照植物,短日照促进菊花花芽分化,而且日照时数越短花芽分化越快。知道了这个原理,人们只要控制好光照的时间,就能够一年四季都可以看到菊花了。设若古人掌握此项技术,便"不需重阳日,天天就菊花"了。

《全唐诗》中直接涉及菊的诗歌有七百多首。这之中,与重阳关联在一起的不在少数,许多诗歌直接在题目当中就明白地表明"九日"。如李白《九日龙山饮》:"九日龙山饮,黄花笑逐臣。醉看风落帽,舞爱月留人。"又《九日》:"今日云景好,水绿秋山明。携壶酌流霞,搴菊泛寒荣。地远松石古,风扬弦管清。窥觞照欢颜,独笑还自倾。落帽醉山月,空歌怀友生。"又《九月十日即事》:"昨日登高罢,今朝更举觞。菊花何太苦,遭此两重阳?"当时九月十日被称作"小重阳",李白在诗中叹息,菊花连续遇到两个重阳,不堪人们的连续采摘。相信此时的李白已经阅尽了人间的沧桑。杜甫《秋兴八首其一》:"玉露凋伤枫树林,巫山巫峡气萧森。江间波浪兼天涌,塞上风云接地阴。丛菊两开他日泪,孤舟一系故园心。寒衣处处催刀尺,白帝城高急暮砧。"这里"丛菊两开他日泪,孤舟一系故园心"是说菊花开落两载,也就是两年没有回故乡了,不免伤心流泪。杜甫《九日杨奉先白水崔明府》:"今日潘怀县,同时陆浚仪。坐开桑落酒,来把菊花枝。天宇清霜净,公堂宿雾披。晚来留客醉,鳧舄共差池。"看来,重阳日的菊花,已经与酒不可分割了。杜甫《九日寄岑参》写道:"出门复入门,雨脚但仍旧。所向泥活活,思君令人瘦。沉吟坐西轩,饭食错昏昼。寸步曲江头,难为一相就。吁嗟乎苍生,稼穑不可救!安得诛云师?畴能补天漏?大明韬日月,旷野号禽兽。君子强逶迤,小人困驰骤。维南有崇山,恐与川浸溜。是节东篱菊,纷披为谁秀?岑生多新语,性亦嗜醇酎。采采黄金花,何由满衣袖?"在这首诗歌里,作者两次提到菊花(东篱菊、黄金花),借以表达不能与岑参共度重阳的遗憾与惋惜。岑参《行军九日思长安故园》:"强欲登高去,无人送酒来。遥怜故园菊,应傍战场开。"又《奉陪封大夫九日登高》:"九日黄花酒,登高会昔闻。霜威逐亚相,杀气傍中军。横笛惊征雁,娇歌落塞云。边头幸无事,醉舞荷吾君。"饮"九日黄花酒",看来是当时的一种流行习俗。

关于菊花酒的酿制,《西京杂记》有载:"菊花舒时,并采茎叶,杂黍为酿之,至来年九月九日始熟,就饮焉,故谓之菊花酒。"《西京杂记》是关于西汉的杂史,当时人们在头年的秋天采下菊花和叶子,与粮食混合在一起酿酒,到第二年的重阳节开怀畅饮。这说明,我国酿制菊花酒在汉代就已盛行了。《西京杂记》还记载,汉高祖时,宫中"九月九日佩茱萸,食蓬饵,饮菊花酒。云令人长寿"。据南朝梁吴均《续齐谐记》记载,"九月九日……饮菊酒,祸可消"。菊花酒的酿制直到明清之时,还颇为盛行。酿制过程中还可加入当归、枸杞、麦冬等成分。也有菊花酒的

"快速酿制法",就是将新鲜采集的菊花烘干或晒干之后,直接浸泡到已经酿制好的酒类之中。据说,菊花酒清凉甜美。将菊花用于酿酒,从医学的角度看,有明目、治头昏、降血压、轻身、补肝气、安肠胃、利血之功效。陶渊明诗云:"往燕无遗影,来雁有余声,酒能祛百病,菊解制颓龄。"便是称赞了菊花酒的祛病延年作用。想象古时的人们,时逢重阳,秋高气爽,结伴登高,插茱萸,饮菊酒,共赏黄花,真是令人神往。

王之涣有诗《九日送别》:

蓟庭萧瑟故人稀,何处登高且送归。
今日暂同芳菊酒,明朝应作断蓬飞。

虽然有些萧索,但这萧索之意不正是对人间温情的无限珍惜吗?

四、人比黄花瘦

李清照词《醉花阴》云:

薄雾浓云愁永昼,瑞脑消金兽。佳节又重阳,玉枕纱厨,半夜凉初彻。　　东篱把酒黄昏后,有暗香盈袖。莫道不消魂,帘卷西风,人比黄花瘦。

写这首词的时候,李清照已经结婚,但时值"两地分居"。怎么看,意境都有些"闺怨"的味道。"人比黄花瘦",成了千古名句。但黄花真的是"瘦"的吗?每当看到菊花,无论是盆栽的还是直接种在地上的,我都思考这个问题。若是非得要将菊花分出瘦还是肥来,我宁可相信菊花是肥的。你看它一丛丛热闹灿烂,无论从哪个角度,都看不出一个"瘦"字来。我这样说,不是质疑李清照的词写得不合适,而是想说明一个问题:菊花的"瘦"之类的特质,其实是人的特质,或者是想象中的人的特质,正所谓"物以人传"。物以人传久了,反过来又会产生"人以物传"的效果。如今,只要提到菊花,就不免想到陶渊明,就不免想到李清照和她的"人比黄花瘦"。这种物与人的交互作用,产生了物与人之外的巨大想象空间,令人玩味无穷。

李清照还写过一首《多丽·咏白菊》:

> 小楼寒,夜长帘幕低垂。恨萧萧、无情风雨,夜来揉损琼肌。也不似、贵妃醉脸,也不似、孙寿愁眉。韩令偷香,徐娘傅粉,莫将比拟未新奇。细看取、屈平陶令,风韵正相宜。微风起,清芬蕴藉,不减酴醾。
>
> 渐秋阑、雪清玉瘦,向人无限依依。似愁凝、汉

皋解佩,似泪洒、纨扇题诗。朗月清风,浓烟暗雨,天教憔悴度芳姿。纵爱惜、不知从此,留得几多时?人情好,何须更忆,泽畔东篱。

在"恨""无情""揉损""愁""泪洒""憔悴""爱惜"等一系列煽情的词汇背景之下,出现"雪清玉瘦""泽畔东篱"这样的句子,使人对菊花有了别样的感觉。这种感觉,既不同于"采菊东篱下"的悠然,也不同于"还来就菊花"的厚重,而是一种"我见犹怜"的心态。唉,屈原、陶公,难道我爱菊的心情不是与你们一样的吗?此外,虽是咏菊,不难看出作者顾影自怜的心理脉络。李清照另有一首《鹧鸪天》:"寒日萧萧上琐窗,梧桐应恨夜来霜。酒阑更喜团茶苦,梦断偏宜瑞脑香。 秋已尽,日犹长,仲宣怀远更凄凉。不如随分尊前醉,莫负东篱菊蕊黄。"词中"不如随分尊前醉,莫负东篱菊蕊黄"是说不如学学陶渊明,以醉解愁,莫负盛开的东篱之菊。由此看来,李清照对于菊花这一文化符号的思考和采纳,是深受陶渊明的影响的,但发展出了具有她那个时代特征,尤其是具有女性细腻、多愁善感一面的新内涵。

当今的中国十大名花,是 1986 年上海市有关单位举办活动,依照"原产中国或有四百年以上栽培历史","观赏价值高、在园林中具有地位"的原则,评选出来的,包括兰花、梅花、牡丹、菊花、月季、杜鹃、荷花、茶花、桂花和水仙。其中的梅、兰、菊与竹一起,在中国传统文化中被誉为"四君子"。这些花各有各的令人赞美的理由,即使是菊花,人们也多赞美其"傲霜枝"的气节,将之与"瘦"和"愁"联系起来,确实是李清照的一大贡献。

晚于李清照数十年的吴文英,对于菊花的观感,似乎也受到了李氏的影响。他在《浪淘沙·九日从吴见山觅酒》中写道:"山远翠眉长。高处凄凉。菊花清瘦杜秋娘。净洗绿杯牵露井,聊荐幽香。　　乌帽压吴霜。风力偏狂。一年佳节过西厢。秋色雁声愁几许,都在斜阳。"将清瘦的菊花用来比喻楚楚动人的歌妓,若屈、陶有知,会作何感想?他的《一寸金·秋感》云:"秋压更长,看见姮娥瘦如束。正古花摇落,寒蛩满地,参梅吹老,玉龙横竹。霜被芙蓉宿,红绵透,尚欺暗烛。年年记、一种凄凉,绣幌金圆挂香玉。　　顽老情怀,都无欢事,良宵爱幽独。叹画图难仿,橘村砧思,笠蓑有约,莼洲渔屋。心景凭谁语,商弦重、袖寒转轴。疏篱下、试觅重阳,醉擘青露菊。"吴文英一生不第,几乎没有参与过任何重大的政治活动。其写作风格主要师承周邦彦,宋理宗时期的沈义父曾把吴文英的词法概括为四点:一是协律;二是求雅;三是琢字炼文,含蓄不露;四是力求柔婉,反对狂放。这一艺术风格决定了吴文英的词,具有南宋婉约词派的共同特点。换言之,他写什么,什么都是"婉约"的。"疏篱下、试觅重阳,醉擘青露菊。"自然也是伤今感昔的味道。

宋朝的时候,菊花已经由室外露地栽培发展到盆栽了,并且能够利用其他植物作砧木来进行嫁接,品种也有了较大的发展。我国第一部菊花专著——刘蒙的《菊谱》于1104年问世。菊花的品种多起来了,人们赏菊的心情应该也会有些分化。但从流传下来的字里行间来看,如"马穿山径菊初黄,信马悠悠野兴长"(王禹偁诗)这样的闲情逸致还在少数。晏几道的《蝶恋花》:"黄菊开时伤聚散。曾记花前,共说深深愿。重见金英人未见。相思一夜天涯远。　罗带同心闲结遍。带易成双,人恨成双晚。欲写彩笺书别怨。泪痕早已先书满。""黄菊开时伤聚散",菊花成了离别悲欢的一个符号了。

五、满城尽带黄金甲

待到秋来九月八,我花开后百花杀。
冲天香阵透长安,满城尽带黄金甲。

根据明代郎瑛《七修类稿》引《清暇录》关于此诗的记

载,是黄巢落第后所作。黄巢虽然做过一阵子皇帝,但总体上是属于"心比天高,命比纸薄"的那一种。他留存下来的三首诗歌,有两首是写菊花的。除了这首《不第后赋菊》之外,还有一首《题菊花》:"飒飒西风满院栽,蕊寒香冷蝶难来。他年我若为青帝,报与桃花一处开。"同黄巢考不上进士一样,在当时的科技条件下,要把菊花"报与桃花一处开"也是不可能的。甚至,"满城尽带黄金甲"也是不可能的。如果遍地菊花在当时是一种司空见惯的现象,黄巢也就不会产生如此这般具有英雄主义豪气的理想了。如此,有必要大致梳理一下菊花栽培的历史。

"采菊东篱下",表明至少在晋时,菊花已开始在田园栽培。唐代白居易、刘禹锡在诗中咏白菊,李商隐在诗中咏紫菊,说明人们已经培育出了若干不同的花色品种。在杜甫、韦庄和萧颖士的诗文中,也能反映菊花品种渐多、栽培较为普遍的现象。虽然如此,但那时的菊花品种与现在乃至与宋朝,都是不可相提并论的。从我国菊花栽培的历史来看,宋朝是一个十分兴旺的时期。虽然当时缺乏现代的植物分类技术,但对日益增多的菊花品种进行归类分析,实在是非常必要的。1104年(宋徽宗崇宁三年甲申),《刘氏菊谱》问世。这是我国第一部菊谱,也是世界第一部艺菊专著。该书依菊花的颜色分类,以黄为正,其次为白,再次为紫,而后为红,对后人影响很深。《四库全书总目》卷一百十五说,《刘氏菊谱》的作者是彭城人,"不详其仕履,其叙中载崇宁甲申为龙门之游,访刘元孙所居,相与订论为此谱,盖徽宗时人。故王得臣《麈史》中已引其说。焦竑《国史经籍志》列于范成大之后者,误也。其书首谱叙,次说疑,次定品,次列菊名三十五条,各叙其种类形色而评次之,以龙脑为第一,而以杂记三篇终焉。书中所论诸菊名品,各详所出之地,自汴梁以及西京、陈州、邓州、雍州、相州、滑州、鄜州、阳翟诸处,大抵皆中州物产,而萃聚于洛阳园圃中者,与后来史正志、范成大之专志吴中莳植者不同。然如金钱、酴醾诸名,史、范二志亦具载焉,意者本出自河北,而传其种于江左者欤"。

《刘氏菊谱》后,宋代又相继出现了一些菊谱、菊志等艺菊专著,至今仍有六七部菊谱存世。其中公元1242年史铸的《百菊集》汇辑了各家专谱,加上自撰的新谱和许多书上所载的有关菊花故事。元代菊花专著较少,有杨维桢的《黄华传》,载菊一百三十六品。明代重要的菊花专著有黄省曾的《菊谱》,记菊二百二十品;王象晋的《群芳谱》,记菊二百七十种,分为黄、白、红、粉红、异品等类;还有高濂的《遵生八笺》,记菊一百八十五种,并总结出种菊八法。清代的时候,陈淏子有《花镜》,记菊一百五十三品;汪灏有《广群芳谱》,记菊一百九十二种。当时的菊书、菊谱数量繁多,不一而足。这些菊谱类书上记载的"品"或"种",与现代农学和植物学上所谓的"品种"与"物种"是不能一一对应的。

如前所说,"菊"是一个极其庞大的家族。那么其中的"品种"与"物种"又有什么分别呢?首先说物种,按照杜布赞斯基的说法,所谓物种是一个生殖社会,其内部可以进行自由交配。这个物种的概念,比较重视遗传方面的信息,而没有涉及形态学方面的差异。白人、黑人、黄种人,都属于一个物种;不同颜色、不同大小的所有菊花,也都属于一个物种。其次说品种,品种是种内的变异形式,是农业或经济学性状上的一些差异。不同颜色、不同大小的菊花,往往都是品种,同属于一个物种。这样,我们在欣赏菊和菊文化的时候,就有两个层次:一个是狭义的,在于菊这一物种之内的各个品种;一个是广义的,扩展到菊科常见的一些栽培物种。

虽然如今的菊花是从野生状态驯化、培育而来的,但"菊"与"野菊"已经成了两个物种。很有可能,屈原"夕餐秋菊之落英",吃的是野菊。现在植物的定名法规,是19世纪的瑞典人林奈发明并被全世界接受的,野菊的拉丁学名最初也是林奈定下的,但"菊"的拉丁学名则不是林奈所定。因此,陶渊明东篱下的菊花,是属于"野菊"呢还是"菊"呢,大概是无法考证了。事实上,虽然说菊花原产中国,但其起源、演化等一直是难以解决的问题。如今,菊花品种多达四千种左右,上文提到过的杭白菊,就是其中的一个品种。表面上看,专供食用的杭白菊与以观赏为主的众多菊花品种之间差异甚大,但它们却是同一个物种。

正因为菊科植物数量庞大,世界各地互相引种的情况便频繁发生。原产我国的菊花,盛唐时期就东传日本,17世纪末荷兰商人将之引入欧洲,18世纪传入法国,19世纪中期引入北美,此后菊花遍及全球。而我国也陆续从世界各地引入了一些"洋菊花"。当然,这些洋菊花与原产中国的菊不是同一个物种,甚至不属于同一个属,以下几种较为常见。万寿菊:万寿菊属,原产墨西哥。因其花大、花期长,常用于花坛布景。其根苦、凉,可用于消肿解毒,治疗呼吸道感染、眼角膜炎、咽炎、口腔炎、牙痛等。金盏菊:金盏菊属,原产于南欧。古代西方做染料或化妆品。叶和花瓣可食用,或做菜肴的装饰。药用方面,能消炎抗菌、清热降火、治青春痘。大丽菊:大丽花属,原产墨西哥。墨西哥人把它视为大方、富丽的象征,因此将它尊为国花。世界上大丽花品种已超过三万个,是花卉品种最多的物种之一。矢车菊:矢车菊属,原产欧洲。原是一种野生花卉,经过人们多年的培育,花变大了,颜色变多了,有紫、蓝、浅红、白色等品种,其中紫、蓝色最为名贵。在德国的山坡、田野、水畔、路边、房前屋后到处都有它,德国奉为国花。矢车菊是一种良好的蜜源植物,还可利尿、明目。蛇目菊:蛇目菊属,原产墨西哥,常有从栽培逸为野生的。波斯菊:秋英属,原产墨西哥。中国栽培甚广,在路旁、田埂、溪边也常自生。雪菊:金鸡菊属,原产美国中北部。我国在云南、西藏等高海拔地区有种植,近几年作为保健茶饮一度受到不少人的推崇。

由于菊科野生植物的不断驯化、各地资源的互通有无、菊花品种的不断选育,如今虽不能说"满城尽带黄金甲"能够轻易做到,但"满园尽带黄金甲"则是处处可见的风景了。要是黄巢生活在今天,也不需要再做"他年我若为青帝,报与桃花一处开"的清秋大梦,一年四季已是时时都能看到盛开的菊花了。

六、宁可枝头抱香死

花开不并百花丛,独立疏篱趣未穷。
宁可枝头抱香死,何曾吹落北风中。

这是南宋诗人郑思肖的《寒菊》,其中,"宁可枝头抱香死"不仅成了菊花的一种理想秉性,也反映出知识分子孤傲、清高、坚忍不拔的高尚气节。郑思肖,南宋末为太学上舍。元兵南下的时候,郑思肖上疏直谏,痛陈抗敌之策,被拒不纳。痛心疾首之余,郑思肖孤身隐居苏州。宋亡后,他改字忆翁,号所南,以示不忘故国。画兰花图,都不画土。有人问他原因,他反问说:国土被人家夺去了,你不知道吗?所以,《寒菊》一诗,实是他自励节操,颂菊自喻。宋代的陆游,在其《枯菊》中有"空余残蕊抱枝干"的句子,朱淑贞在其《黄花》中有"宁可抱香枝上老,不随黄叶舞秋风"的句子,应该也都是这种情绪的折射。

但是,从菊花本身的生物学特性来看,"枝头抱香死"可能是不怎么确切的。现实生活之中,我们经常看到菊花窸窸窣窣从枯败的枝头掉落下来。诚然,文学与科学是不能等同的,但总不能在描写三伏天的时候,用上"酷暑蓝天白雪飞"的句子吧?这样说,不是调侃郑思肖植物学知识的缺乏,而是提出一个问题:在菊与中国文化的关系之中,是菊花对文化的影响大一些呢,还是文化对菊花的影响大一些?

冯梦龙的《警世通言》记载,苏东坡有一次去拜见王安石,刚好王不在,只见案上有咏菊诗,只写下头两句:

"西风昨夜过园林,吹落黄花满地金。"苏东坡看了暗自好笑,他认为菊花即使干枯,也不会落瓣,于是他续写两句:"秋花不比春花落,说与诗人仔细吟。"王安石读过苏东坡有嘲笑之意的续句以后,觉得苏东坡观察不够全面。后来二人政见不和,苏东坡被贬谪黄州。苏到黄州后,一天正值风雨交加,苏与友人在菊园赏菊,亲眼看到了落英缤纷、"满地铺金"的场面,这时才明白当初错批了王安石的诗句。

从形态学上说,我们见到的"一朵"菊花,其实不是一朵菊花,而是一群菊花。我们所看到的菊花的每一片"花瓣",其实不是花瓣,而是一朵花。用同属于菊科的向日葵来说明:硕大的葵花是一群花。周边黄色的扁扁的每一个"花瓣",其实是由五片花瓣联合组成的一朵花,叫作舌状花;中央部分密密麻麻的没有鲜艳颜色的,是许许多多的管状花。每一朵管状花发育成为一个果实,就是葵花籽。所以,世人如果将果实葵花籽当作瓜子——瓜类的种子,实在是一个不小的错误。由此,我们知道,菊花实际上是一个由许多舌状花组成的集体,谓之花序。菊科的这种花序有个专门的名称:头状花序。

也许,正是古人对菊的植物学知识的相对缺乏,在众多的出现"菊"字的诗歌当中,专门咏菊的,却是少之又少,据统计不到百分之一。唐代诗人白居易的《咏菊》云:"一夜新霜着瓦轻,芭蕉新折败荷倾。耐寒唯有东篱菊,金粟初开晓更清。"霜降的时候,芭蕉与荷花或折断,或歪斜,唯有东边篱笆附近的菊花,在寒冷中傲然而立,初开的金粟般的花蕊让清晨添加一抹亮色。这是我们非常熟悉的,赞美菊花"傲霜""耐寒"的风格。与白居易同一时期的诗人元稹有一首七绝《菊花》:"秋丛绕舍似陶家,遍绕篱边日渐斜。不是花中偏爱菊,此花开尽更无花。"此诗以陶渊明的意境为源泉,以淡雅朴素的语言道出"此花开尽更无花",留下了"前不见古人,后不见来者"一般的想象空间,让人回味无穷。但这些咏菊的诗歌,实际上还是以物喻人。真正从菊花本身来歌咏的,还真是罕见。

晚唐司空图有《白菊三首》,其一云:"人间万恨已难平,栽得垂杨更系情。犹喜闰前霜未下,菊边依旧舞身轻。"其二云:"莫惜西风又起来,犹能婀娜傍池台。不辞暂被霜寒挫,舞袖招香即却回。"其三云:"为报繁霜且莫催,穷秋须到自低垂。横拖长袖招人别,只待春风却舞来。"诗中表现出这样的场景:霜雪未降之时,菊花摇曳着轻盈的姿态;寒风吹来,万物凋零,菊花还在池台庭院旁边以婀娜多姿的体态绽放着生命力;而当霜雪降下、秋去冬来,菊花要与人们辞别了,但是这种辞别没有哀愁,"且莫催"、"自低垂",将菊花的从容姿态充分展现出来。

明朝诗人丘浚的《咏菊》是这样写的:

> 浅红淡白间深黄,簇簇新妆阵阵香。
> 无限枝头好颜色,可怜开不为重阳。

诗歌中表现的是海南岛菊花"反季节"开放的情形。诗人用"眼前景物口头语",成就了"诗家绝妙辞"。从这首诗歌可以看出,在明朝的时候,不仅菊花的花色品种较多,而且在上半年也能开放了。我们无法知道,丘浚所述的"浅红淡白间深黄"各种颜色的菊花,是否属于分类学意义上的同一个种,或不同的种,但从人们欣赏的角度来看,是不同的物种也罢,同种不同的品种也罢,都是"无限枝头好颜色"。

七、结语:是节东篱菊,纷披为谁秀?

灿烂多姿的菊花,你是为谁盛开的呢?时代到了21世纪的今天,社会的风俗已经与古代大不相同了。虽然,中华文化源远流长,一脉相承、涓涓不息,但是现代的世界是一个开放的世界。且不说东西方文化的互相交流与渗透,单就中国本身来讲,其疆域、政治、经济等也发生了巨大的变化,人们的审美情趣、价值取向等当然也会因着时代的发展而与时俱进。

记得第一次看到国人的新式婚礼,新娘模仿西洋人穿戴上洁白的盛装,条件反射一样的感觉是:怎么披麻戴孝啊?不吉利。但时间长了,也就慢慢地习惯起来。到现在,反而是看到新人穿着传统的大红大绿的服装时,觉得别扭和不合时宜了。所以,某一个物事,是否"吉利",是否具有什么象征意义,其实都是一种习惯,是一种约定俗成。既然如此,只要内心足够强大,就不会让草木之类左右自己的心情。在上海,探望病人的时候,如果带水果,是不带苹果的。因为在上海话里"苹果"与"病故"同音。许多新上海人不懂得这个习俗,还是经常会买了苹果去看望病人。遇到这种情形,病人大可不必多虑,苹果照吃。

菊花对于笔者本人来讲,其第一联系紧密的物事,是清明节。"清明节"这三个字,给人的第一印象不是它的本意"天地又清又明亮",而是缅怀先人。先人当然是去世的人,是死人。所以,一见到菊花,我是绝不会联想到"四君子"的风格之类的。至于陶渊明、孟浩然、李清照等,就更加无从想起了。这种思维定势,给自己造成了不小的麻烦:内心非常喜爱菊花的黄,非常喜爱菊花的白,但是总不乐于奉其回家。后来,终于"发明"了一种对待菊花的好办法:如果是盆栽的、活的菊花,那就纯粹是一种花卉,可以美化环境用的;如果是一束菊花,尤其一束纯粹的菊花,那就是蕴含了什么象征意义在里面的,需要严肃对待;如果是直接种在地上的菊花,那就不管东篱、西篱、南篱、北篱,还是根本没有篱,都与陶渊明们联系起来,附庸风雅一会儿。

唐代杜甫的《宿赞公房》云:

> 杖锡何来此,秋风已飒然。
> 雨荒深院菊,霜倒半池莲。
> 放逐宁违性,虚空不离禅。
> 相逢成夜宿,陇月向人圆。

今人对杜诗的评价极高,一个重要的原因是其律诗最为"工整",几不可改动一字。"雨荒深院菊,霜倒半池莲。"工则工矣,却也太过死气沉沉了。

时代在飞速发展,甚至是加速度发展。我们在玩味菊与菊文化、欣赏陶渊明优雅的人文情怀的同时,也应该赋予他的诗歌和菊花以更加积极的理解。真正做到:采菊东篱下,悠然见南山。

致　谢

感谢我的诗词老师,复旦大学中文系胡中行教授,给予我诗词创作的指导,并为本书作序。

感谢《新民晚报·夜光杯》编辑祝鸣华先生,给予我写作过程中的指点,并发表我的诗文。

感谢复旦大学中文系丛刊《诗铎》副主编吴忧先生为本书做编辑。

褚建君

图书在版编目(CIP)数据

学诗记/褚建君著. —上海：复旦大学出版社，2017.1(2019.3 重印)
(诗铎丛书)
ISBN 978-7-309-12614-3

Ⅰ.学… Ⅱ.褚… Ⅲ.①古体诗-诗歌创作-中国-文集②古体诗-诗集-中国-当代
Ⅳ.①I207.21-53②I227

中国版本图书馆 CIP 数据核字(2016)第 248606 号

学诗记
褚建君　著
责任编辑/宋文涛

复旦大学出版社有限公司出版发行
上海市国权路 579 号　邮编：200433
网址：fupnet@fudanpress.com　http://www.fudanpress.com
门市零售：86-21-65642857　　团体订购：86-21-65118853
外埠邮购：86-21-65109143　　出版部电话：86-21-65642845
常熟市华顺印刷有限公司

开本 787×1092　1/32　印张 4.625　字数 71 千
2019 年 3 月第 1 版第 2 次印刷

ISBN 978-7-309-12614-3/I·1019
定价：20.00 元

如有印装质量问题，请向复旦大学出版社出版部调换。
版权所有　　侵权必究